湯築《ゆづき》九十九《つくも》
道後の温泉旅館『湯築屋』の若女将。
稲荷神白夜命に仕える巫女で妻。
シロ
稲荷神《いなりのかみ》白夜命《びゃくやのみこと》。
『湯築屋』のオーナー。
コマ
『湯築屋』の仲居。
狐だが変化が苦手。

カランコロン。

古き温泉街に、お宿が一軒ありまして。

傷を癒やす神の湯とされる泉——松山道後《まつやまどうご》。この地の湯には、神の力を癒やす効果があるそうで。

そのお宿、見た目は木造平屋でそれなりに風情もあるが、地味。暖簾《のれん》には宿の名前である「湯築屋《ゆづきや》」とだけ。

しかしながら、このお宿。普通の人間は足を踏み入れることができないとか。

でも、暖簾を潜った客は、その意味をきっと理解するのです。

そこに宿泊することができるお客様であるならば。

そう。

このお宿は、神様のためにあるのだから。

芯．狸と秘密の約束

1

きゅっ。と、襷《たすき》を結べば、身も心も引きしまる。

こうすると、橙《だいだい》色の鮮やかな着物も、たちまち戦闘服に早変わりするのだ。黒いバチ型の簪《かんざし》には、ススキの蒔絵《まきえ》が施されている。シンプルな意匠の装飾も、慣れてくると大人になった証のような気がした。

気合いを入れるなら、まずは身なりから。なにごとも、格好だって大切だ。一番手っ取り早くスイッチが入る。

湯築《ゆづき》九十九《つくも》は、眠気を吹き飛ばそうと、両手で頬を叩いた。お化粧が施された肌の手触りは、素顔とはひと味違う。

よし、やるぞ。

こうやって、朝の仕事をはじめるのだ。浴場の点検や清掃、配膳前にお部屋の準備などなど。やるべき仕事は多い。

「つーちゃん、おはよう」

厨房に入ると、料理長の父・幸一《こういち》がふんわりとあいさつしてくれた。漂う昆布出汁の香りに似つかわしい笑顔が優しくて、九十九も自然と心が和む。

「おはようございます、お父さん。お料理、いつもありがとう」

次いで、九十九はもう一人にも笑いかける。

「将崇君《まさたかくん》も、おはよう」

幸一と厨房に並んでいるのは、化け狸の将崇だ。湯築屋の厨房でアルバイトをしながら、調理師免許取得に向けて専門学校へ通っている。

伊予《いよ》八百八狸の総大将、隠神刑部《いぬがみぎょうぶ》の孫で、当初は人間の社会で生活する気などなかった。しかし、こちらで暮らすうちに、人間が好きになったのだろう。

今は、「人間も妖《あやかし》も来られる飲食店を作りたい」という目標がある。その姿は直向《ひたむ》きで、九十九も素敵だと感じる。

「お、おう……おはよう」

将崇はちょっと照れながら、一瞬だけ九十九をふり返る。だが、朝食の膳を盛りつけている最中だったので、すぐに集中して視線を戻してしまう。

こんがりと均等に焼けたヒラマサの西京《さいきょう》焼きに、はじかみ生姜《しょうが》を添えていた。作業する将崇の表情は真剣そのものなので、邪魔をしないほうがいい。

九十九から見ても、がんばっている将崇の姿は非常に好ましい。彼は素直ではないが、真面目で一途だ。目標としている飲食店の経営も素晴らしいと思う。

将崇が最初に松山《まつやま》へ来た理由は、湯築の巫女への嫌がらせだった。

昔、勘違いで湯築の巫女からフラれてしまった隠神刑部の無念を晴らすため、九十九を誘惑してさらいにきたのだ。

それが、高校の同級生になり、卒業してからも友達の関係が続いているので、不思議な気分だった。

人生なにが起こるのかわからないが、狸生でも、そうなのかもしれない。

「あれ、将崇君……なんか、いい匂いする？」

気にかけるほどのものではないだろうが、わずかに将崇から匂いがした。柑橘《かんきつ》の香りのような……爽やかで、清涼感がある。

もちろん、将崇はアルバイトとはいえ、立派な料理人見習いだ。香水みたいに、きつい香りではない。近づかないと、わからないだろう。

「え？　ああ」

九十九に指摘されて、将崇は一度視線をあげた。

「寝癖がなおるって聞いたから……」

将崇は手で、シュッシュッとスプレーを噴きつける動作をした。おそらく、寝癖なおしの整髪剤を示しているのだ。

将崇の身だしなみに、目立った乱れはない。しかし、カッチリしているとも言えず、あくまでも「ほどほど」の域だろう。寝癖などは、放置されていることも多かった。

「いくら変化《へんげ》するときに、寝癖ってなおらないの?」

「いくら変化したって、毛並みはむずかしいんだぞ。そんなのもわからないのか?」

「うん、わたし狸じゃないから」

「そうだったな。すまない……いや、知っておけ！　常識だ！」

常識はよくわからないが、化け狸も大変らしい。

「寝癖なおしなんて、急にどうしたの？」

「どうって……おま、お前には、関係ないだろッ」

将崇は言いながら、顔を背けてしまった。恥ずかしい質問をした覚えはないのに。狸心はやっぱり繊細だ。

「師匠っ、おはようございます」

そう話しているところへ、厨房に入ったのは子狐のコマだった。今日も臙脂《えんじ》の着物に身を包み、紺色の前掛けを巻いている。いつもの可愛らしい仲居さんの姿だ。

「おはよう、コマ」

「若女将《わかおかみ》と幸一様も、おはようございますっ」

トットットッと、足音を立て、コマは踏み台にのる。作業台に置かれたお膳をとるには背丈が足りないので、これはコマ専用の踏み台だ。

「お前にも、関係ないんだからなッ！」

将崇はコマの姿を見るなり、なぜか叫んだ。

コマは不思議そうに首を傾げる。九十九も、同じポーズをとった。

将崇は居心地が悪そうに、頭を掻く。そのせいで、せっかく整髪剤で整えていた髪がぐしゃぐしゃになる。ピョコンッと、寝癖が立つ様がちょっとおかしかった。

「身だしなみは大事だからね。僕ら厨房は、お客様の前にはあまり出ないけれど、それでも気構えが変わるんだよ。将崇君は、お客様のためにがんばってるんだね」

やりとりを聞いていた幸一が、将崇の肩に手を置く。

「そ、そ、そそそそんな……それほどでも……そんな……はい……」

幸一から褒められて、将崇はさきほどまでとは違う雰囲気で顔を赤くした。表情が忙しい。嬉しいのだけは伝わってきて、九十九とコマは顔を見あわせて笑う。

「将崇君は努力家だもんね。いつも、お料理のこと考えてくれてありがとう」

修業のためと言っても、将崇だって湯築屋の従業員で厨房担当だ。九十九は若女将として、湯築屋のことを考えてくれた将崇にお礼を言った。

一方の将崇は「だ、だだだ、だから、ちが……いや、違わない……」と、しどろもどろになっている。

将崇は人間の社会に入ってから、そうとうな努力を積んできた。専門学校に入学するのだって、術で誤魔化さずに、入試と面接を行っている。お金も自分で稼ぎ、スマホや自転車を購入していた。

九十九はそんな将崇の努力を、ずっと見てきたつもりだ。

「はい！　師匠は本当にすごいんですっ。変化もお料理もできて、とっても尊敬していますっ！　ウチの自慢です！」

コマもピョンっと跳ねて万歳した。将崇は、いよいよ顔を両手で覆って隠してしまう。よほど恥ずかしいらしい。

以前に京《みやこ》が、将崇を「無駄ツンデレ」と評していたが、本当にそうだ。とはいえ、九十九も将崇の性分をわかっていながら、過剰に褒めてしまった。コマは純粋に、将崇を慕っていると思うが。

コマは変化が苦手なので、将崇を師匠と呼んでいる。今では、苦手を少し克服して、変化も上手になっていた。

「さあ、コマ。お膳運ぼうっか」

「はいっ、若女将！」

九十九が呼びかけると、コマはコクコクとうなずき、お膳を一つ頭にのせる。一見、バランスが悪くて転んでしまいそうだが、実は結構安定しているのだ。コマだって長年、湯築屋で仲居をしている。そこは信用できた。

ただ、気を抜くと、お膳を落としてしまいそうなときがあるので、注意は必要だが。

「ウチもがんばって、師匠のお店に相応《ふさわ》しい看板狐になるんですっ」

コマはルンルンと尻尾を揺らしながら、厨房から歩いて出ていく。

将崇君、そんなこと言ったんだね……と、視線を将崇に戻すと、案の定、恥ずかしそうに頭を抱えていた。

九十九はなにも指摘せず、お膳を二段重ねて持ちあげる。

「じゃあ、今日もがんばりましょう」

こうして、湯築屋の朝は動く。

2

九十九は温泉旅館、湯築屋の若女将。

そして、稲荷神《いなりのかみ》白夜命《びゃくやのみこと》の妻であり、巫女だ。修学中は巫女の修行は免除されていたが、大学に入ってからは少しずつ力の扱い方について学んでいる。

母であり、女将の登季子《ときこ》は海外営業をしており、あまり湯築屋へ帰ってこない。それでも、機会があれば習っていた。

同時に、九十九は夢の中でも修行をしている。

湯築の巫女は、代々夢を見るのだ。

初代の巫女である月子《つきこ》が住まう夢である。そこで、原初の別天津神《ことあまつかみ》、天之御中主神《あめのみなかぬしのかみ》の力を使うための術を習得していた。

稲荷神白夜命と天之御中主神の存在は表裏一体。二柱であり、一柱である。複雑な成り立ちの神様だ。ゆえに、巫女の在り方も、特殊なのかもしれない。

「あら、とってもお上手になりましたね」

そう評価してくれたのは、優しく甘い声だった。

九十九は縁側で自分の力を結晶に変える修練を積んでいる最中だった。九十九の両掌のうえには、花のような形の結晶がのっている。

最初は夢の中だけだったが、今は起きている間でも安定するようになっていた。あまり無理をしないように、一日一回程度、こうやって結晶を作る自主練習をしているのだ。

「とても、素敵です」

うっとりとしながら結晶を見つめるのは、天照大神《あまてらすおおみかみ》。

湯築屋の常連客、というより、長期連泊の多いお客様だ。ほとんど住んでいるとも言える。今の滞在は、たしか七十四連泊目だったたか。

見目は少女のように可憐だが、どことなく魔性の色香も感じる。魅入られてしまえば、沼へ沈むかのごとく、抜けられなくなりそうな……。

そんな天照の言葉評価に、嘘偽りは見られなかった。

「そうですか？」

「はい、とても」

天照が九十九の結晶に触れた。ツンと尖《とが》った結晶の花びらは無機質だが、天照の肌色を跳ね返してやわらかな色彩を帯びる。

天照は日本神話の太陽神だ。天津神として、古くからこの国に存在する神の一柱である。そんな彼女に褒められると、素直に嬉しかった。

「でも……」

結晶を見おろし、九十九はふと不安になる。

無色透明の結晶は綺麗だが……。

「あのときと同じ結晶は、何回やってもできないんですよね」

火の神アグニと、火除《ひよ》け地蔵が湯築屋で行った火消し対決の際。九十九は火除け地蔵に力を譲渡するため、自分の力を結晶に変えた。

そのとき、一度だけ……いつもと違う色の結晶を作ったのだ。

水のような透明度と、虹色にも見える銀色の光彩が不思議だった。今まで作った結晶の中で一番美しくて、力の密度も濃かったと思う。

あれ以来、同じ結晶は作れていない。形や大きさはいろいろ変えられるが、再現は無理だった。

「あれができるようになれば、もっと……」

「それは、どうでしょうね」

悩む九十九に投げかけた天照の言葉は、あいまいなものだった。ただ、なんとなく否定されているのは理解する。

九十九が首を傾げると、天照は優しく微笑した。この女神は少女の見目なのに、慈悲深い母親のような側面も持つ。

本当に、そのときどきで印象の変わる神様だ。

「あなたの結晶は、これで充分完成形だと思いますよ。もちろん、精度はあがるはずですが……他の色にはならないでしょう。これは、あなたの色なのですから」

「わたしの」

改めて結晶を見おろす。

クリスタルのように透明な結晶。屋内の照明にかざすと、ほんのりと暖色の光をまとう。何色にでも変化するが、何色でもない。

これが九十九の色なのか。

なら、あれは……？

「神気の使い方を覚えたでしょう？　以前よりも、格段に扱えるようになっています。だから、あなたの神気にも特性が顕《あらわ》れはじめたのですよ」

「特性ですか」

神気には特性がある。これは基礎的な知識として、九十九も知っていることだった。個性のようなものだ。

たとえば、番頭の八雲《やくも》は風の声を聴く聴力に優れているし、登季子は様々な神様との相性がよく臨機応変に力を借りられる。もちろん、術を覚えれば一通り使えるようになるのだが、伸びやすい分野は人それぞれなのだ。

あとは、その人間に備わった特殊な力を示す場合もある。

「わたしは、守りの術が使いやすいって、小さいころに聞いたんですけど……」

九十九が身を守る盾の術を覚えたのにも、きちんと理由があるのだ。九十九にとって、これが一番伸ばしやすい術だった。そして、浄化の力を持ったシロとも相性がいい。

「ええ、存じておりますよ。けれども、人間は不変ではないから。あなたたちは、常に変わっていくものでしょう？」

天照は唇に優美な弧を描き、九十九の結晶を持ちあげる。

「あ……あの」

作った結晶は、不用意に他者へ渡さないほうがいい。これには九十九の神気が込められているのだ。火消し対決のときは、特例のようなものだった。

しかしながら、天照はお客様なので強く拒むこともできない。

「食べたりなんてしないから大丈夫ですわ。ただ、輝きを愛でたくて」

ほう……と、恍惚の表情を浮かべながら、天照は九十九の結晶をながめていた。今にも、口に入れてしまいそうなくらい、顔が近い。それでも、天照が「大丈夫」と主張しているので、九十九は信じるしかなかった。

「稲荷神に聞いて差しあげなさいな」

天照はそう言いながら、結晶を再び九十九の手に返してくれた。なにかした様子もない。本当にただながめただけのようだ。

「シロ様、教えてくれるんでしょうか？」

「外野のわたくしが口をはさむのも、野暮でしょう。それに、もうなんでも答えてくれると思いますよ。一番高い壁は越えられましたから……いいえ、答えるべきなのですわ。いい加減に、稲荷神も向きあうべきなのです」

一番高い壁とは、シロが九十九に隠していた過去だ。

天之御中主神や月子の話。湯築屋やシロの成り立ちに関わる部分だった。

シロは、ずっと九十九に知られたくなかった。いや、九十九だけではない。代々の巫女の中でも、すべてを話してもらえたのは九十九が初めてだ。

だから、大丈夫。もう話してくれる。天照はそう言っていた。

「信じられませんか？」

天照から試すような口調で問われ、九十九は一瞬、息を止めた。

シロのことは……信じられる。

九十九は自分の心に言い聞かせた。

「大丈夫です。シロ様に聞いてみようと思います」

言葉は思いのほか、すんなりと出てきた。

大丈夫。シロは話してくれるから。

「そう。では、安心ですね」

天照の返答は、「シロは話してくれるから安心しろ」という意味ではない。九十九に対して、「九十九がシロを信じてくれて、安心した」と言っているのだ。

天照は断言しないが、その真意はちゃんとわかる気がした。

時計を見ると、そろそろお昼前だ。

今日は大学の授業が三限目からなので、昼食を食べて向かうつもりだった。もう準備しなくてはならない。

「天照様、ありがとうございます」

「いいえ。礼には及びませんよ」

九十九は縁側から立ちあがり、天照に頭をさげる。

とりあえず学校へ行き、また改めて、シロに聞いてみよう。九十九はパタパタと廊下を歩き、着替えるために母屋へ向かった。

「そういえば」

着替える前に、九十九は立ち止まる。

真っ白い肌守り。

天之御中主神から授かったものであった。

九十九の髪を、この中におさめている。

なんのために渡されたのか、わかっていない。

ただ、神様からいただいたお守りだ。無下にもできず、ずっと肌身離さず持っていた。

これも、九十九の力となにか関係するのだろうか。

天之御中主神から、なんの説明もなかったが、そんな直感をした。

♨　♨　♨

九十九は本当に「よくできた娘」だ。と、シロは常々思う。

今日も朝からくるくるとよく働き、学校へもしっかりと通っている。それでいて、巫女の修練も欠かさない。

本当に、絵に描いたような「よくできた娘」だと感心させられる。

神であるシロから見ても、九十九は非常に「よくできた娘」であった。

いつも姿は見せなくとも、シロは九十九のそばで見守っている。ストーカーではない。

縁側で天照と話しているときも、シロは口をはさまず聞いていた。

シロは湯築屋での会話や事象を、すべて見聞きできる。もちろん、意図的に意識を外して「見ない」ことも可能だった。

湯築屋の結界において、シロが絶対である。

それはシロが檻――結界そのものの役割を果たすからだ。

「隠れて盗み聞きですか。聞いていらっしゃるなら、出てくればいいのに。まだ怖がっているのですか？」

九十九が去ったあと、天照はにこりと宙へ話しかけた。

隠れていたわけではない。と、シロはムッとしながら、天照の前に姿を現す。天照だって原理を理解しているはずなのに、言い方が気に食わない。

紫色の着流しに、濃紫の羽織。長くて白い髪がふわり、と。霊体化を解くと、馴染んだ姿が浮かびあがった。

「必要がなかったからな」

九十九も、シロがいつも見守っているのは知ってくれている。彼女もシロの助けが必要だと思ったときは、いつも今の天照のように呼びかけてくるのだ。

それがなかったということは、九十九は「改めて聞く機会を設けたい」と考えているのだろう。そういうときは、シロから出向く必要はないと感じている。

「ですが、あなた様から言ってもらえたほうが、若女将は喜ぶと思いましてよ？」

「そのような……」

「乙女心は、そういうものなのです」

そう、なのか？

天照に諭され、シロは急に不安が過《よぎ》った。しかし、思いとどまって首を横にふる。いつも、九十九から「天照様から、変なこと教わらないでください！」と怒られるのだ。余計なことを吹き込まれては困る。

シロは騙されまいと、腕組みした。頭のうえにある耳をピンッと立て、尻尾も揺らさず威厳を保つ。

「よいですか、稲荷神」

しかし、天照は毅然とした態度でシロの前に出る。

「女性が求めてからでは、遅いのです。先手必勝。聞かれずとも、先んじて欲しい言葉を与える。これこそ、乙女を喜ばせる秘訣です」

「だが、九十九は……」

「若女将も、乙女にございます」

力説され、シロは怯《ひる》んで後ずさりしてしまう。

そういうものだろうか。てっきり、シロは九十九がタイミングを計りたいのだと思っていた。だいたい、大学へ行く邪魔をするのはよくないのではないか。

それに、思うところもある。

否……認めたくはないのかもしれない。

認めねばならぬのに。

「もうっ！　聞いておりますか！」

シロが話を聞いていなかったのが、天照に伝わってしまったようだ。

「まだなにかあるのか」

「これは乙女心を射貫く最強のアドバイスにございます」

天照は、びしっと人差し指を、シロの前に示した。

「よいですか！　最初にこう、すれば……女子《おなご》はみんな落ちますよ」

天照は続けて、奇妙な仕草をする。

片目を瞑《つむ》って、ウインク。さらに、唇をチュッと鳴らして指で投げキッスをした。

「これで、乙女はみんな見惚《みと》れます」

「本当なのか」

「ええ。わたくしは、出会い頭のこれで落ちました。初手が肝心です。ツアーの最初にコレは、効きます」

なるほど、参考になる。シロには、女子《おなご》の好みがよくわからないのだ。こういうものは、女神に聞くのが一番かもしれぬ。

「よいですね、稲荷神。乙女の心をつかむのです。ご武運を」

天照は親指を立てながら、シロの前に突きだした。いやに頼もしい。

シロも心得たとばかりに、真似して親指を立てる。

「あとは……あなたが受け入れるかどうか、ですわね。いい加減に、向きあいなさいな」

天照の身体が、すうっと消えていく。

その言葉が意味するところを、シロは考えないようにした――。

3

「道後《どうご》のスタバって……お洒落なんだ……」

そう漏らしたのは、種田燈火《たねだとうか》だった。大学に入って最初にできた、九十九の友達である。

脱色した金髪や、ダメージ加工が入った黒い服のかっこよさが印象的だが、口を半開きにして頭上をながめる姿は無垢であった。

そんな燈火を前に、九十九は得意げになる。

「知らなかったでしょ」

「うん」

最近、こうやって燈火に道後や松山を案内している。そのたびに、燈火は新鮮な驚きと反応を見せてくれるので、九十九も鼻が高くなった。

すごいのは地元であって、決して九十九自身ではないのだが。そこは間違えてはいけない。九十九は、素敵な場所をたくさん知っているだけなのだから。

「駅からおりても、気にしてなかった」

道後温泉駅にはスターバックスコーヒー、いわゆる、スタバが併設されている。全国、いや、全世界に展開する大型チェーン店だ。

けれども、ここ道後温泉駅の店舗は明治時代を想起させるレトロモダンな造りの、特徴的な外観となっていた。白く塗装された壁や、緑の柱の色合いが可愛く、二階建ての洋館のようである。

九十九はここでよくお茶をするし、駅も頻繁に利用するので慣れているが、燈火にとっては新鮮みたいだ。

「写真映えするでしょ？」

「うん」

九十九がうながすと、燈火は思い出したようにスマホを取り出し、いろんな角度から写真を撮りはじめた。周囲にも同じように撮影する観光客がいるので、別段、珍しい行動ではない。

今日、大学でスタバの新作が発表されたという話題になり、せっかくだから、ここへ連れてきたのだ。やはり、大学生になってもスタバの新作チェックは欠かせない。

燈火が外観の撮影に満足したタイミングで、二人は店内に入る。一階で注文し、二階席で飲食することにした。

九十九は話題の新作のほかに、軽食としてキッシュも頼んだ。厚切りベーコンの塩気と、クリーミーな舌触りがマイブームである。

「なんか……本当にスタバなんだね……」

二階の窓際席に座りながら、燈火が身を小さくした。

「お洒落レトロなカフェなのに、メニューがスタバだった……」

「だって、スタバだもん」

しかし、ここは道後温泉。愛媛《えひめ》県屈指の観光地のど真ん中だった。窓からはハイカラ通りのアーケードや、伊佐爾波《いさにわ》神社へ続く緩やかな坂道、放生園《ほうじょうえん》が見える。

チェーン店は、「どこでも同じ」という認識を持ちがちだが、観光地では例外もあるのだ。ハイカラ通りにあるコンビニも、看板が道後温泉街の雰囲気と調和する色合いになっている。

「なんで、あそこ人集まってるの？」

燈火が放生園を指さす。

放生園で、足湯を楽しむ観光客の姿が、ここからもよく見える。それに加えて、広場に集まる人々が確認できた。

時刻は、もうすぐ午後四時だ。

「みんな時計を見にきてるんだよ」

放生園には、モダンな造りのカラクリ時計が設置されている。三十分ごとに仕掛けが開き、夏目漱石《なつめそうせき》の小説『坊つちゃん』の登場人物をモチーフにした人形が動き出すのだ。そのため、時計の前には人が集まっていた。

「あとで、見に行こうっか」

「うん、ありがとう」

馴染みのチェーン店なのに、特別な空間。この空気を燈火も気に入ってくれたらしく、飲み物よりも窓の外を見つめていた。

「湯築さん……本当に、いろいろ知ってるんだ」

「道後に住んでるからね。お客様のご案内もたくさんするし」

九十九にとっては、当たり前の日常であった。

「住んでても、普通はわかんないよ」

松山や、その近郊に住んでいても当たり前なのだと思っていたが……燈火と知りあってから、これは当たり前ではないのだと実感した。

身近すぎて、地元に鈍感な人は多いのだ。

当たり前すぎるからかもしれない。

そこに暮らす人々にとって、道後温泉も松山のいいところも、身近すぎて特別だと感じられない。

しかし、実際に触れてみると、その良さを実感できる。燈火がそうだった。ずっと道後温泉になど興味はなかったが、今では九十九とよく観光する。最初は九十九が連れ回していたが、最近では自分で調べて「ここ、行きたい」と言いはじめた。

それだけでも、九十九には嬉しい。

「あれ……？」

九十九は眉を寄せる。

仲がよさそうに、放生園を横切って並び歩く男女が見えた。

男の子は、将崇だ。ちょっと緊張した面持ちで、隣の女性を見ている。

隣にいるのは……最初は、人間に化けたコマだと思った。将崇はコマに変化の術を教えており、近ごろは二人で道後温泉界隈を散歩できるまでになったと聞いている。

だが、あれはコマではない。

妖であることには間違いないが……狸のようだ、と九十九は直感する。コマよりも力が強く、変化が上手い。神気の気配もあり、ただの化け狸ではなく、どこかに祀《まつ》られた神様なのだとわかる。

小麦色の肌が健康的で、可憐な女性だった。足がスラリと長くて、モデルのよう。元気な笑顔が真夏の花みたいで、愛嬌があった。

専門学校の友達……ではなさそうだ。

誰だろう。

将崇君の里の友達、かな？

そう結論づけてみるが、しっくりこない。

九十九があまりに将崇を見ているので、燈火が小声で聞いてくる。

「どうしたの？」

「もしかして、あれ……怖いものなの？」

燈火には、神様や妖が見える。それについて燈火はずっと悩んでいたが、九十九が適切な知識を教えてから、怖がらなくなった。だが、やはり人に見えざる者には、悪しき者もいる。燈火には、それを見分ける術がないため、不安なのだ。

「燈火ちゃん、ごめんごめん。そんなんじゃないよ」

きっと、九十九が将崇をずっと見ていたので、勘違いさせてしまったのだろう。

「そ、そっか……それなら、よかった……湯築さん、大変だと思うから……その、そういうときは、ボクのことは気にしないでね」

「気にしないって？　そういうとき？」

「ほら……ボクは、なにもできないけど……湯築さんって、異能力者ってヤツでしょ？」

燈火が妙に真剣な顔をするので、九十九はドリンクを飲むのをやめてしまった。

「い、異能力者……？」

「巫女の力で、悪い妖怪を退治する……とか！」

「え、えええええ？」

そんなの、したことないよー！

九十九は困惑して苦笑いを浮かべてしまう。

たしかに、巫女の修行をしている。退魔の盾は身を守るための術だが、そうそう使う機会もない。

しかし、燈火は真剣に指をピッと立ててふる。なにこれ。悪霊退散のお札のポーズかな？

「燈火ちゃん、そういうのは、わたしやらないよ……？」

「大丈夫。ボクは誰にも言わないから……というか、言う相手がいないからね。ぼっちを信用してほしい」

「そんな内容が卑屈なのに、威張らないでよぉ」

「ああ……巫女服で日本刀をふる湯築さん、きっとカッコイイ……」

「そんなの、触ったことないよ⁉」

なんのアニメと勘違いしているのだろう。

燈火は勝手に納得して、想像を巡らせていた。彼女の中では、九十九は誰にも言えない秘密を抱えたヒーロー（ヒロイン？）なのだろう。そんな秘密があるなら、そもそも、燈火に妖や神様の話はしないのだが。

九十九の手に負えない案件は、だいたいシロにまかせている。登季子や八雲も術に優れているが、妖怪退治などしていない。多くのお客様や妖の問題は、たいてい話しあいで解決できる。

それでも、話しあえなかったこともあった。

五色浜《ごしきはま》の堕神《おちがみ》……なにも対話できずに、ただ消えるのを見守るしかなかった。あんな想いは、もうしたくない。

そのために、力が欲しいと思う瞬間はある。

「ボク、応援してるね」

「う……うん……いやいやいや、応援いらないからね⁉　ホントだからね⁉」

「わかってるよ！」

「わ、わかってないよね……？」

つい流されてしまいそうだったが、九十九は首を横にふる。一方の燈火は、訳知り顔でうなずいていた。

これは、いくら説明したって無駄かもしれない。九十九は息をつく。

それにしたって。

将崇君と一緒にいたの、誰だったんだろう？

二人が歩いていた場所に視線を戻すが、もういなくなっていた。デートっぽくも見えたけど……。

将崇はコマと仲がいい。そして、師弟以上の感情が育まれている気がした。

その一方で、彼は当初の目的である九十九の誘惑を主張するときもある。

改めて、将崇という狸について、よくわからない九十九だった。

燈火とのティータイムを終えて湯築屋へ帰ると、いつもと違っていた。

「ただい……どうしたんですか？　シロ様？」

従業員用の勝手口から入る九十九を待ち構えてシロが立っていたのだ。普段、こんな待ち伏せなんてしない。無意味に構って構ってと絡んでくることはあるが、勝手口で待っていたのは初めてだ。

九十九は不審に思いながら、靴を脱ぐ。

「九十九」

「はい、なんでしょう？」

首を傾げる九十九を、シロが真剣に見おろしている。

なにか、大事な話でもありそうな雰囲気だ。

途端、シロの表情がふっと緩む。片目をパチリとウインクさせ、チュッと軽く指を当てて唇を鳴らした。投げキッスだ。え、投げキッスだよね？

「え……本当に、どうしたんですか？　シロ様？」

思わず、本気で聞いてしまった。

シロはこれでもそうとうに顔が整っているので、投げキッスはすこぶる絵面がいい。しかしながら、「なぜ？」という不思議さのほうが勝ってしまった。

「どうだ、九十九。乙女心は落ちたか？」

「はあ……？」

なんだ。いつもの意味不明な構ってちゃんの亜種か。

「天照様が、またなんか言ったんですかね……」

「な……!? こうすれば、九十九が喜ぶと聞いて!」

九十九が思ったとおりの反応をしてくれず、シロは慌てた表情を浮かべた。

シロは大きなため息をつく。

「だから、天照様には、もっとマトモなことを教えてもらってくださいよ……」

シロは「な、なんだと……」と驚いている。

絶対に、これは天照に遊ばれているのだ。面白がられている。きっと、今もこのやりとりをどこかから、こっそりと見ているのだろう。

これぞまさしく、暇を持て余した神々の遊戯だ。

「まったく……これからお仕事なんですから、ふざけないでくださいよ」

「ふざけてなどいない。儂《わし》は真面目だぞ。九十九に喜んでほしくて……!」

九十九はさっさと中へとあがる。大きくてもふもふと揺れる、シロの尻尾が邪魔なので、ペッと雑に手で避けた。

「儂は九十九に言いたいことがあるのだ」

「手短におねがいしまーす」

「も、もうちょっと真面目に聞かぬか?」

「真面目な話なんですか?」

「儂はいつも真面目だ！」

シロが妙に食い下がってくる。

九十九から相手にされず意地になっているのか、しかし、その表情は真剣だった。

「言わねばならぬことだ」

言わねばならぬこと。

それを聞いて、なぜだか、九十九は今朝の天照との会話を思い出した。なにも聞いていないのに、あの話だと直感する。

九十九の神気の特性について。

夜にでも、シロに聞くつもりだった。

「聞きます」

九十九は、いつだって待ってきた。

今度はシロから打ち明けてくれるかもしれない。そう思うと、なにもしていないのに、じんわりと胸の奥が熱くなってきた。

「教えてください、シロ様」

九十九は立ち止まり、シロのほうを向きなおった。

すると、シロも神妙な面持ちで応えてくれる。

「九十九のことだ」

どくん、と心臓が高く鳴った。九十九が期待していた言葉だ。

決して、色気のある話ではないのに、とても嬉しい。話がはじまる前から、「ありがとうございます」と言いかけた。

「それ、わたしも聞こうと思っていました」

なんとか、嬉しいという気持ちを伝えたかったが、これでいいだろうか。素っ気ない言葉を選んでしまった気がした。

しかし、シロはやわらかな微笑を浮かべる。


シャン、シャン。


と、ここで鈴の音が聞こえた。

お客様が湯築屋へご来館したのだ。今日はご予約はいないので、飛び込みのご新規様だろう。と言っても、湯築屋のお客様は、あまり予約しない。突然、ふらりと現れるお客様が多数だった。

九十九は戸惑いながら、玄関のほうを見る。

今までなら、迷わず接客を優先していただろう。だが、せっかく、シロが九十九に話そうとしている……そう考えると、躊躇《ちゅうちょ》してしまった。

「行ってこい」

判断できずにいる九十九の背を、シロがぽんっと押した。

身体が少しだけ前傾姿勢になる。

その刹那《せつな》、着物の裾がふわりと揺れた。今まで、洋服だったはずなのに、九十九はいつの間にか、紅葉《もみじ》柄の着物をまとっている。シロが着させてくれたのだ。

スッと背筋を伸ばすと、金色の紅葉の髪飾りがしゃらりと鳴った。

「急ぎの用でもない。あとで聞かせてやる」

ちゃんとあとで続きを話す。

シロを疑っていないが、約束してくれると心が軽くなる。

「ありがとうございます！」

九十九は大きくうなずきながら、玄関へと向かった。シロに送り出されると、元気もわく。

着物なので歩幅が狭くなるが、そこは慣れている。九十九はずっと、この湯築屋の若女将をしているのだから。

廊下をまっすぐ進むと、玄関が見えてくる。

ちょうど、玄関が開き、お客様が入ってくるところだった。いつもの感覚なら、門から玄関までのお客様の進む速さは、もう少し遅い。幻影だが、日本らしい四季の花々が堪能できる庭を見ているからだ。あるいは、シロの結界に興味を持って観察している。今日のお客様は、ちょっとせっかちらしい。

九十九のほかに、従業員は玄関へ辿り着いていなかった。

「いらっしゃいませ、お客様」

九十九は元気にあいさつしながら、玄関でお客様を迎えた。

お客様は大きなお腹を揺らし、玄関の敷居を跨《また》ぐ。

姿は、老年男性だった。背が低いため、全体的にまんまるな印象だ。ほっぺたも、ほんのり赤くてツヤツヤしている。九十九は口にしないが、愛嬌があるマスコットキャラクターのような見目だった。

「おお……おお！」

しかし、どうやら、お客様の様子がおかしい。

お客様は、九十九の姿を見るなり、大きな声をあげはじめた。目が潤み、感極まっている。なにが起こっているのかさっぱりわからず、九十九は眉間にしわを寄せてしまった。

「？　どうされました……？」

次の瞬間、お客様の身体が跳ねた。跳びあがったというより、文字どおり、ボールのようにポヨンッ、と。

「巫女ぞなー！」

「え、え、ええええ！　お客様ぁ⁉」

突然で、九十九は反応できなかった。

お客様は、動けない九十九に、覆い被《かぶ》さるように抱きつく。ぎゅーっと、まんまるな身体が九十九を包み込む。

ここで初めて気づいたのが、お客様は強い神気を持っているが、妖気も感じることだ。

「た、狸……⁉」

お客様は狸だった。それも、おそらくどこかの神社で祀られた神様でもある。

九十九は、なんとか引き離そうとお客様の身体を触る。

もふもふで、ふさふさ。シロやコマとは違う。茶色くて、可愛らしい尻尾が現れた。

「お客様、ごめんなさいッ……！」

九十九はやむを得ず、尻尾を思いっきり引っ張った。

「あひぃんっ！」

尻尾をつかんだ瞬間、お客様は悲鳴をあげながら飛び退《の》く。その隙に、九十九は這って退避した。

「爺様《じじさま》ぁ⁉」

九十九のうしろから、驚愕の声がする。将崇だ。玄関から九十九の悲鳴を聞いて、駆けつけてくれたのだろう。

「九十九は儂の妻だ！　離れるがいい！　狸！」

さらに現れたのはシロである。

シロは、お客様を九十九から引き剥がそうと、押さえつけてしまう。

「なにをぉ！　ワシを誰と心得るか！」

だが、お客様がくるりと表情を変え、シロに対してぷんすか怒っている。まんまるのお腹を、ぽんぽこぽんっと叩く。

爺様って、たしか……。

「伊予八百八狸の総大将。狸の中の狸！　隠神刑部とは、ワシのことよ！」

隠神刑部。

狸の逸話が多い四国でも、一番の力を持っていたとされる。本人も名乗っているが、誇張ではなく、まさに、狸の中の狸だろう。

そして、将崇の慕う爺様本人でもある。

「爺様、なにしに来たんですか！」

ふんぞり返って威張る隠神刑部に、将崇が質問した。変化を解いた狸の姿で、いつもの意地っ張りなしゃべり方ではないためか、ずいぶんと印象が違う。

将崇は隠神刑部を「爺様」と呼んで慕っている。普段の語り口からも、将崇が隠神刑部を好きなのが伝わっていた。

そんな将崇を見て、隠神刑部も変化を解く。だが、まんまるな体型はそのままなので、あまり人間の姿に化けているのと印象が変わらなかった。

「おお、まー坊。迎えにきたんぞなもし」

まー坊と呼ばれ、将崇は恥ずかしそうに顔を赤くしていた。が、それよりも、九十九は隠神刑部の「迎えにきたんぞなもし」が引っかかる。

「いつまでも帰ってこんけんのぅ」

隠神刑部の口調は、今までと一転してのんびりとしていた。まんまるな体型と、方言のせいで、とても伊予八百八狸の総大将には見えない。

「その話は……手紙にも書いたとおりで……俺はしばらく戻らないつもりなので……」

隠神刑部に、将崇ははっきりしない口調で答えている。

「やけん、嫁連れて帰っといでって言《い》よろう。爺《じじ》がええ子、紹介するぞな」

「じ、爺様。今、そういう、よ、嫁の話は……！」

将崇は申し訳なさそうに頭をぺこぺこさせながら、両手を前に出している。

そうしているうちに、だんだんと玄関にお客様をお出迎えする従業員が集まってきた。

「お客様、いらっしゃいませっ！」

奥から、コマがぴょこぴょこと歩いてきた。いつものように、もふりとした尻尾をふりながら、お客様にあいさつをする。

「はァん？」

すると、なぜか隠神刑部の表情が一変した。丸い顔に、にこやかな表情を浮かべていたのが、急に訝《いぶか》しげにコマを睨んだのだ。

あまりの変わりように、コマは、ビクリッと固まってしまう。

「出来の悪そうな狐やわぁ」

吐き捨てるように言われ、コマは完全に萎縮していた。

「え、えっと……あの……はい。ウチ、出来損ないなんです……」

コマは両手で臙脂色の着物をいじりながら、耳をぺこんとさげる。すると、コマを庇《かば》うように将崇が隠神刑部の前に出た。

「爺様、なんてこと言ってるんですか――おい、お前もなに返事してんだよ！　俺の弟子なんだから、もうちょっとだけ威張ってもいいんだぞ！」

将崇は隠神刑部とコマに、それぞれ言って聞かせる。

けれども、その態度が隠神刑部の機嫌を損ねたらしい。口を曲げ、不服そうに将崇を見た。

「弟子ぃ？　まー坊、いつ弟子をとったんぞなもし？　それも、狐？」

コマを、あまり気に入っていないようだ。従業員をそんな風に言われて、九十九も気分がよくない。なにか反論しようと、口を開いた。

しかし、九十九の肩にシロが手を置く。態度で、「黙っていろ」と示されたような気がした。

「まー坊、なんとか言わんかね」

隠神刑部に問われ、将崇はやり場なく視線を泳がせる。が、ごくりとつばを呑み込んだ。コマが不安そうに、将崇と隠神刑部を交互に見ている。

「爺様。俺は帰りません。今、ここで修業していて……いずれは、自分の店を持つつもりなんです。だから里にはしばらく戻れません。あと、俺の弟子を悪く言わないでください。狐ですが、こいつは将来、店の看板狐になるんです！」

そう言い切った将崇の顔は真っ赤であった。狸の姿でもわかるくらいに。そして、真剣だ。まっすぐ、隠神刑部に言葉をぶつけていた。

将崇は料理の修業をするために湯築屋でアルバイトをしている。専門学校にも通い、がんばっているところだ。そんな将崇を九十九は応援したいし、実際、それを隠神刑部に伝えた将崇を見てスカッとした。

「いくら爺様の言うことでも、聞けません」

隠神刑部の不機嫌はなおらないが、将崇は自分の胸に手を当てて主張する。

「嫁はどうするんぞな？」

「そ、それは……今すぐじゃなくても、いいと思います……」

嫁の話になると、将崇は急に歯切れが悪くなる。

「嫁を連れて帰る言うて息巻いて出ていったかと思えば、今度は人間の中で生活をはじめて。まー坊の芯がブレとるんやなかろうかと思うと、心配でならんわい」

「芯……」

将崇は噛みしめるように、言葉をくり返す。

けれども、すぐに首を横にふった。そして、頭のうえに葉っぱをのせる。

「ぽんっ！」

将崇はその場で宙返りする。もくもくと大量の煙が発生し、辺りが白くなった。しかし、彼の影が狸から人間へと変化していくのがわかる。

人間の両足で、将崇は床に着地した。

そして、大きな声で隠神刑部に訴える。

「それなら、俺の芯がブレていないか、爺様が確かめてください」

あえて人間に変化した姿で将崇は言い放つ。

「俺、爺様を満足させますから。本気だと証明します」

対する隠神刑部は、むずかしそうな顔で将崇を見据えていた。

「爺様、湯築屋にご宿泊ください」

将崇が懇願すると、隠神刑部は「ふむ」と考え込む。

やがて、口を開く。

「……わかった。満足するまで、見極めさせてもらわい」

隠神刑部は緩慢な動作でうなずき、将崇の提案を了承した。


隠神刑部が湯築屋に宿泊することになった。

満足するまで、宿泊期限は延長するそうだ。今は、仲居頭の碧《みどり》が対応して、部屋へ案内してくれている。

「おい、その……爺様の宿泊費、俺のバイト代から抜いてくれないか……」

九十九が将崇から最初に受けた相談は、隠神刑部の宿泊費についてだった。将崇が宿泊費を払うなんて、考えてもいない提案だったので、九十九は目をパチクリと見開いた。

「本当に将崇君は、隠神刑部様が好きなんだね」

微笑むと、将崇は照れくさそうに目をそらす。

「俺が宿泊してくれって言ったからな」

たしかに、そうだ。将崇の提案で、隠神刑部の宿泊は決まった。だが、九十九には彼なりの恩返しのようにも感じたのだ。

隠神刑部はいきなり九十九に抱きついたり、コマに嫌なことを言ったりしたけれど、それでも、将崇の慕う「爺様」だ。将崇の普段の話しぶりから、彼が隠神刑部を好きなのが嫌と言うほど伝わってくる。

「そういえば、将崇君。嫁って？」

隠神刑部との会話を思い出してしまう。

途端に、将崇は九十九から逃げるように、手を顔の前に出した。隠しているつもりなのだと思う。

「あ……ああ、あ、あああ、あれは爺様が勝手に！　俺はまだ嫁なんか……いや、もちろん、里を出たときはそのつもりだったけど、それはそれだ！　今は関係ない！」

将崇が里を出た目的は湯築の巫女を強奪し、嫁として連れ帰ることだったらしい。もうそれは解決した事柄だが、今思い出すと懐かしい。あのときと比べ、将崇とはずいぶん仲よくなれたので、九十九も嬉しかった。

「だからって、諦めたわけでもないからな！」

「え、そうなの？　もう、わたしのことはどうでもいいと思ってたんだけど？」

「!?　いや、どうでもいい！　どうでもいいぞ！」

「どっちなの？」

将崇の口調ははっきりしているのに、内容ははっきりしない。でも、いつもどおりだ。

おかしくなって、九十九は噴き出した。

「爺様は……俺に見合いをしろって。たぶん、俺が断ったから、こんなところまで乗り込んできたんだ」

将崇は疲れた息をつきながら、経緯を説明してくれる。

隠神刑部は将崇のお嫁さんの心配をしているのだ。最近、ずっとお見合い相手を紹介しようとするらしい。里の狸や、松山に住む狸などなど……。

しかし、隠神刑部が心配しているのも、わかるのだ。

将崇は湯築の巫女を強奪して帰るなんて、とんでもないことを言って里を出たのに、結局、人間と一緒に暮らしはじめてしまった。彼らの言い方をすれば「芯」がブレて見えるかもしれない。

「紹介された見合い候補とも口裏をあわせて、今は結婚しないけど大丈夫だって言おうと思ってたのに……」

将崇は項垂《うなだ》れて、頭を掻きはじめた。

「それって、もしかして……放生園で一緒に歩いてた？」

「!? み、み、みみみ、見てたのかッ」

「うん、スタバから偶然。化け狸っぽいなぁって思ってたけど、やっぱり？」

のぞき見していたような気がして、申し訳なくなってくる。将崇はしばらく恥ずかしそうに狼狽《ろうばい》していたが、気を取りなおして説明した。

「あ、あれは、見合い候補って言っても、その……変なアレじゃないからな！」

「わかってるよー。どこの狸さん？」

「や、八股榎大明神《やつまたえのきだいみょうじん》の……」

「ああ、お袖《そで》さん！」

八股榎大明神と聞いても、どこにあるのかピンとくる人間は、もしかすると松山でも少数派かもしれない。だが、「松山市役所前のお堀にある、小さな鳥居」と伝えると、「ああ、あれか！」という反応になる人間もいるはずだ。

お袖狸、通称、お袖さんは江戸時代、松山城に住んでいた狸だ。彼女が堀端にある大きな榎に住みついたのがはじまりという。祠《ほこら》があり、現在も信仰される立派な神様だ。

そういえば、九十九は直接会ったことがない。近所の神様たちは、案外、湯築屋に来なかったりするのだ。おそらく、近すぎて。

「お袖も、爺様から松山を離れないか誘われてて……でも、嫌みたいだから」

「それで、協力して仲のいいふりをしようとしてたの？」

「そんなところだ」

たしかに、嫁を薦める隠神刑部を納得させるには、いい作戦かもしれない。長く続くとは思えないけれど、時間稼ぎにはなる。

そんな将崇たちの計画も虚しく、隠神刑部は湯築屋へ乗り込んできた。

「こうなったら、隠神刑部様にご納得いただくしかないね。満足してもらおう！　わたし、がんばるから！」

九十九が笑うと、将崇も顔をあげる。

「あ、ああ。でも、これは本当に俺の問題だから。なるべく、爺様の接客は俺がする」

将崇は厨房のアルバイトだが、接客もときどき手伝ってくれる。

「ううん。今日は忙しくないし、接客はこっちにまかせて。それより、将崇君は将崇君なりのおもてなしに集中したほうがいいと思う」

将崇の心意気は尊重すべきだが、やはり、最高のパフォーマンスには役割があるのだ。接客は九十九たちに委ねて、将崇は自分の領域で力を発揮してほしい。

「俺なり……」

「料理屋さん、認めてほしいんでしょ」

将崇が勝負すべきなのは、料理だ。

自分の店を持ちたいという目標に向けて、がんばっている姿を見せるべきだろう。未熟かもしれないが、今の将崇を見てもらうのがいい。

「そのほうが、隠神刑部様も安心してくれると思う。勝手な想像だけど」

「……わかった。なら、まかせる」

九十九がそう笑うと、将崇もうなずいた。そして、真剣な表情でポケットに入れていたノートをとり出す。

ノートは常に携帯しているため、丸まってぼろぼろだ。いつも、いろんなことをメモしている。

「師匠……」

あとから、トボトボとコマが歩いてくる。

耳と尻尾がシュンとさがっており、「気落ちしている」のが伝わってきた。さきほど、隠神刑部から冷たく言われたのを気にしているのだろう。

コマは化け狐だが、変化が苦手なのだ。けれども、将崇の弟子になってからは、少しずつ上達している。以前と比べると、見違えるようだった。

しかし、隠神刑部はコマのがんばりを知らない。コマにとって、隠神刑部の言葉は大変に厳しいものだっただろう。

「がんばってくださいっ。ウチも、精一杯やります」

それでも、コマは顔に笑みを作って、将崇を見あげた。

「コマ……」

あんまり無理しなくていいんだよ。と、九十九は思わず口にしてしまいそうになったが、ぐっと黙る。

代わりに、九十九はコマの前に屈《かが》み、頭をなでてあげた。ふわふわの体毛が気持ちいい。

九十九になでられ、コマは嬉しそうに尻尾を左右にふる。

「ウチも、師匠の弟子ですから。今度は、ちゃんと胸を張りますっ！」

コマはふんぞり返るように胸を張って、「ふんっ」と気合いを入れた。その様が愛らしくて、九十九はついつい頭をいっぱいなでてしまう。

コマの宣言を聞いて、将崇は恥ずかしそうに「そ、そうか……」と目を泳がせる。

「コマも一緒にがんばろうね」

九十九も、改めて口にすると、自分にも言い聞かせている気分になった。

4

幸い、隠神刑部のほかに、お客様は常連の天照くらいしか宿泊していなかった。

天照は推しのアイドルが監修したという宅配ピザを頼んでいるので、今日は夕餉《ゆうげ》が必要ない。コラボグッズがランダム封入らしく、十枚も注文していた……もちろん、グッズだけ抜いて残すなどということはしないだろう。神様たちは基本的に食事が不必要で、いくら食べても太らないし、満腹にならなかった。本当に便利な体質である。

ゆえに、本日の厨房は将崇の好きに使えた。幸一に見守られながら、将崇が一人で隠神刑部の夕餉を用意する。

厨房で作業する将崇に応援の声をかけ、九十九も通常業務を粛々とこなした。

「若女将、お客様はお部屋でくつろいでいますよ」

仲居頭の碧が、お淑《しと》やかな笑みで教えてくれる。

これから、九十九が若女将として、改めて隠神刑部にごあいさつに向かう予定だ。

「ありがとうございます、碧さん」

「いえいえ」

碧は品良くお辞儀をした。

九十九の伯母で女将・登季子の姉に当たるが、碧には神気を操る力がない。それでも、ずっと湯築屋で仲居頭をつとめてくれる頼もしい女性だった。

神気が扱えないと言っても、碧には武術の才能がある。剣道、薙刀《なぎなた》、空手、柔道、弓道などを一通りマスターしており、その腕前は湯築屋へ訪れる神々をも唸らせるほどだ。

「時代が違っていれば、英雄となれた逸材かもしれない」とまで評価するお客様もいた。

無論、接客でも尊敬すべき点が多く、九十九もまだまだ習ってばかりだ。

不思議なのは、ずっと結婚せず独身でいる点だろうか。結婚が人生の幸せとは限らないため、あまり深く踏み込む必要はないのだが……ときどき、なにか理由があるのか詮索しそうになってしまう。

どうして、こんなことが気になってしまったのだろう。

それは九十九が、いまさらながらに「夫婦」という関係を意識しはじめたからかもしれない。

九十九は湯築の巫女で、生まれたときにシロとの結婚が決まった。婚儀は物心つかない時期に行われ、どういう雰囲気だったのか記憶にもない。

九十九にとっての結婚はそういうもので……当たり前に付随してきた。だから、特別意識する機会がなかったのだ。

シロとの夫婦関係を意識しはじめたのも、最近で。シロに対する感情が恋心だと気づいたころからだ。その時期から、九十九はシロとの関係や、結婚について考えはじめた。

ウエディングドレスを着てチャペルのヴァージンロードを歩き……それとも、白無垢での神前結婚……世間一般の結婚式は、九十九にはなかった行事である。

なんだか、不思議。

シロとは気持ちも確かめあったけれど、未だに信じられない。

夫婦という実感がわかなかった。

なに考えてるんだろう。

「いやいやいや、仕事中仕事中！」

九十九は首を横にふって、両頬をぱんぱんっと叩く。将崇ががんばっているのに、九十九が怠けてどうするのだ。

必死に気持ちをリセットして、さあ行こう。

隠神刑部が案内されている、石鎚《いしづち》の間へ。

「失礼します」

石鎚の間へ着くと、九十九はいつもと同じく室内へ声をかけた。

「なんぞね」

返事があったので、九十九は中へと入る。

隠神刑部は座椅子で、テレビを鑑賞していた。丸い身体が座椅子からはみ出て、もふもふの尻尾が揺れている。

隠神刑部はテレビの番組に夢中のようだったが、九十九の姿を確認するなり表情を変えた。嬉しそうに、ふにゃりと顔がやわらかくなる。

また飛びつかれるかな……身構えたが、そういうアクシデントはなかった。九十九は、ほっとしながら背筋を伸ばす。

「お客様、改めてごあいさつします。若女将の湯築九十九です。ご宿泊のお世話をさせていただきます。なにかお困りごとやご要望がございましたら、お気軽にお申しつけください」

そう言って、九十九は三つ指をついて頭をさげる。

「ほうほう。めんこいねぇ」

九十九のあいさつを聞く隠神刑部は嬉しそうだった。

隠神刑部は伊予八百八狸の総大将だ。松山城に住んでいたが、お家騒動に巻き込まれ、久谷《くたに》の山へ封印されたという伝説がある。

だが、実際のところは違うと、九十九は将崇から聞かされていた。

隠神刑部はその昔、湯築の巫女に一方的な恋慕を抱いていたらしい。贈り物で気を惹こうとしたのだが……湯築の巫女は、漏れなくシロの妻である。隠神刑部の一方的な恋は叶うことなく、ショックで自ら山へこもってしまった、というものだった。

そんな話を知っているせいか、なんとなく、目の前のお客様には威厳がないように感じられてしまった。情けない、とまでは思っていないけれど……うん、やっぱり、マスコットキャラみたいに、まんまるで可愛い。

「顔を、よう見せてくれんかね。なんか、懐かしくてのう」

隠神刑部は九十九の顔を観察しようと、座椅子から身を乗り出す。

「あのぉ……」

や、やりにくいなぁ……。

いきなり飛びついたりはしないが、九十九には興味津々の様子だった。

「少し、珠希《たまき》に似とるん？」

珠希？　九十九は目を瞬かせた。

遅れて、自分のご先祖様――湯築の巫女の名だと認識する。隠神刑部がかつて恋したという、当時の巫女だ。

湯築屋ではお客様の来館が世代を跨ぐことも多い。そのため、昔の巫女を知るお客様もいた。

「わたしが湯築の巫女を継ぎましたので」

「ほうやね。似た匂いがするわい」

隠神刑部はすんすんと鼻を動かしてみせる。

「珠希はええ子やったよ。あんたみたいに、はきはきしゃべる美人やったわい」

「そうですか……」

「ほうやけど、やっぱり違うもんやねぇ」

隠神刑部はしみじみと言いながら、テーブルの茶菓子に手を伸ばす。今日は道後夢菓子《どうごむかし》噺《ばなし》を用意していた。白鷺《しらさぎ》と椿をモチーフにした、桃山《ももやま》菓子である。甘くて可愛いが、素朴な味わいで食べやすいため、九十九も好きだった。

九十九は呆けていたが、思い出したように煎茶の準備をする。

「さっきは、驚かせてしもうたけど、こうやって見ると、珠希とは全然違う子やわいね」

隠神刑部は、言いながら白鷺の菓子を口に放り入れた。とても幸せそうな顔で咀嚼《そしゃく》する姿に、ちょっと癒やされる。見目が丸いので、余計に。

九十九が煎茶を出すと、それも、ずずずと美味しそうに飲んだ。

「珠希さんは、素敵な方だったんですね」

「そりゃあもう。ええ子やったわい。あんなええ子は、なかなかおらんぞな。ワシには、もったいない」

珠希を語る隠神刑部の口調は、思っていたよりも落ち着いていた。一方的な失恋で山へこもったと聞いていたので、九十九にとっては意外である。

「無念ではなかったんですか？」

将崇が「爺様の無念を晴らす！」と言っていたので、こういう聞き方になってしまった。

隠神刑部は少しだけ目を見開いたが、やがて穏やかな表情で答える。

「あるにはあるけど……人間やけん。もうおらんなったもんは、しょうがなかろうがなあ。」

その語り方に既視感を覚え、九十九は手を止める。

大切な人が、もういない。

同じ想いを抱えている神様を、九十九はよく知っていた。

「まー坊は息巻いて里を出ていってしもうたけど、ワシは珠希がよかったんじゃ」

隠神刑部は懐かしむように、慈《いつく》しむように笑いながら、どこか寂しそうだ。

「なかなか自分の名前も言えんでのう。それでも、ワシの贈った品を、珠希は必ず褒めてくれたんよ」

「優しい人だったんですね」

「ほうやねぇ。ええ子やったよ。ワシが結婚しようって言っても、怒ったりせなんだわい」

プロポーズの結果は、九十九も知っている。

湯築の巫女は、みんなシロの妻となってきた。

「そのときの顔がのう。なんとも言えんかったんよ」

「顔……表情ですか？」

九十九は、つい隠神刑部に聞き返した。が、隠神刑部はすぐには答えてくれない。

「ワシには、あれがどんな気持ちやったんか、ようわからん」

ようわからん。

わからなかった……ということか。

「ただ、〝もう結婚してるの〟、と。そのあと、初めて湯築の巫女は稲荷神に嫁ぐと知ったから、悪いことをしてしもうたと後悔したんよ」

湯築の巫女に選ばれると、シロと結婚する。

九十九はシロが好きだ。シロも、九十九が好きだと言ってくれる。しかし、他の巫女たちがどうだったか、実のところ九十九は知らない。

ビジネスライクな関係で、シロをなんとも思っていなかったら……この婚姻は、幸せなのだろうか。登季子のように、別の男性と結婚してしまえる巫女は、今までいなかった。

でも、それは現代の価値観である。昔の結婚は、当人たちの感情だけで決められるものではなかった。

「ワシはあの子を幸せにする方法が、わからんかった……松山を出たんは、もう関わらんほうがええと思ったからなんよ」

隠神刑部の言葉が、九十九の胸を締めつける。

珠希を幸せにしたいとねがった隠神刑部の想いは、決して軽くない。

「まー坊には、内緒にしといておくれ。こんなに情けない爺様は、見せられんぞなもし」

隠神刑部は、ニシシと笑って煎茶を美味しそうに飲んだ。

彼が将崇に言ったことは事実だったが、きっと伝え方が違うのだろう。隠神刑部は、失恋のショックで松山を去ったのではない。自ら迷惑にならぬよう、身を引いた。それを将崇やほかの狸たちには、誇張した表現で伝えていたのだ。

隠神刑部なりに、将崇の尊敬する「爺様」で在ろうとしている。

「かしこまりました。将崇君には、黙っておきます。今、とっておきのお料理を作っていますので、楽しみにしていてください」

「まー坊の料理か。里では、いもたきが一番上手かったんよ。楽しみやわい……と言っても、まだ人間の店なんぞ認めとらんけど」

急に、隠神刑部はぽこぽこと怒りはじめる。表情がくるっと変わるので、九十九は苦笑いした。それはそれ、これはこれ。ということか。

「将崇君のお料理を食べてから、ご判断ください」

九十九は隠神刑部の丸い背を、そっとなでた。

「ほうやね……楽しみにしとらい」

隠神刑部は、とりあえず機嫌をなおしたようで、九十九の手にすりすりと頬ずりする。

「お夕飯の前に、入浴はいかがでしょうか？　湯築屋は、道後の湯を引いております」

「おお。そうじゃのう。そうしようか」

そうと決まれば、と言わんばかりに隠神刑部は早速テレビを消した。

九十九はクローゼットに用意された浴衣とタオルを湯籠に入れて、隠神刑部に持たせてあげる。


将崇は、実に張り切っていた。

九十九が厨房に入ると、ちょうど盛りつけをしている最中だった。

「師匠っ、すごいです！」

コマが両手をふって将崇を応援していた。幸一も、あまり口を出さずに将崇を見守っている。

「ローストビーフ？」

あとから来た九十九は、作業台に並んだ料理をながめる。

将崇が真剣な表情で飾りつけているのは、美しい赤身の薄切り肉だ。表面にしっかりと焼き目がついており、中はほんのり綺麗なピンク色である。それを、花の形に見えるよう、大皿に盛りつけていた。

将崇は盛りつけのセンスがいい。幸一の教えをしっかり呑み込んでいるだけでなく、才能もあるのだろう。

「あかね和牛だよ」

幸一が優しく九十九に解説してくれた。

あかね和牛は愛媛県のブランド和牛である。アマニ脂と柑橘を飼料に与えて育てており、上質なサシと赤身が魅力だ。脂っこい霜降り肉と違い、ヘルシーでやわらかい。

「はい、つーちゃんの」

九十九が物欲しそうに見えていたのだろうか。それとも、純粋に将崇の料理を食べてごらんという意味か。

幸一は九十九に、ローストビーフの切れ端を差し出した。

「お父さん、ありがとう」

九十九は遠慮なく、小皿にのったローストビーフを、箸でつまみあげる。

じっくりと低温で中まで火をとおしており、手間暇かけたのがよくわかる。口に入れると、先にハーブの爽やかさが鼻に抜けた。次いで、しっかりとした塩と胡椒《こしょう》の味だ。肉は噛めば噛むほどにやわらかく、旨味が広がっていく。上質な脂身と、赤身はいつまでも噛んでいたくなるものだ。

「うん、美味しい……！」

九十九はほっぺたに手を当てながら言ってしまう。

ほかにも、この時期が旬のシマアジのお造りや、丸々一匹を土鍋で炊いた鯛めしなどなど。まさに、素材を活かしたフルコースの豪華御膳だった。

「将崇君、すごい」

盛りつけが一段落して、九十九は声をかける。将崇は顔をあげて、「そうでもない……」と謙遜していた。

「いいえ、師匠がすごいんですぅ。ウチ、ずっと見てましたっ！」

コマも、ぱたぱたと小さな両手で拍手を送っている。九十九も一緒に拍手した。

「隠神刑部様も気に入ってくれるといいね！」

「お、おう……」

間違いなく、今日の御膳は美味しい。将崇が初めて一人で作った御膳だ。絶対に、隠神刑部も気に入ってくれる。

ちょっと偏屈なところもあるが、隠神刑部は悪いお客様ではない。さきほどあいさつして、九十九は確信していた。

やはり、将崇が尊敬する「爺様」なのだ。心優しくて、今も純粋に将崇を心配してくれている。

将崇の本気も伝わるはずだ。

「んんー……イマイチじゃわい」

だから、隠神刑部の第一声を聞いて、九十九も将崇も表情が固まってしまう。

将崇の特製御膳を石鎚の間へ運ぶと、隠神刑部は嬉しそうに箸をつけてくれた。

湯上がりほかほかで大変上機嫌。最初から将崇の料理を貶《けな》す気なんてなさそうだった。

それなのに、料理を何口か食べてしばらく、隠神刑部はがっかりした顔で、「イマイチ」と言ったのである。

「い、イマイチ……ですか？　爺様？」

あまりにショックだったのか、将崇の口調もぎこちなかった。九十九も理由が聞きたいと思って、つい姿勢を前のめりにする。

「美味しくないわけじゃないんよ？　肉も魚も、ええの使っとるん、わかるし……じゃが、ワシにはちょっと、むつこいぞなもし……」

「む、むつこい……」

将崇は愕然《がくぜん》としながら聞き返していた。

むつこいは、愛媛の方言だ。標準語に置き換えるのが非常にむずかしい言葉の一つでもある……たいてい、「脂っこい」「濃すぎ」「甘すぎ」などに使う。食べると、胃がむかむかしてしまうというニュアンスだ。しかし、「むつこいけど美味しい」など、単に濃いめの味にも使えるので、用法が幅広かった。

あかね和牛は脂っこい牛ではない。シマアジは脂がのっているが、「むつこい」と評するほどでもないだろう。鯛めしや、他の料理も同様だ。

「全部食べられる気がせんけど……まー坊の料理やけん、がんばってみらい」

隠神刑部はあまり気乗りしない様子で、食事の続きをはじめた。

「………………」

結局、隠神刑部は全部食べてくれた。

しかし、決して満足したとは言いにくい。

御膳をさげるとき、将崇は真剣な顔だった。

いったい、なにが駄目だったのだろう。

料理は間違いなく、豪華で美味しかった。それは九十九も保証できる。将崇は精一杯やった。

だが、結果は結果だ。

九十九には、隠神刑部が意地悪でわざと評価をさげているようには見えなかった。きっと、なにか理由があるはずだ。

そう考えているのは将崇も同じだった。厨房で、むずかしい顔をしながら研究ノートを睨んでいる。

「師匠……？」

隠神刑部の感想を聞いて、コマも心配そうにしていた。

「将崇君、手伝おうか？」

真剣に考え込む将崇に、幸一も申し出た。今回、幸一は軽いアドバイスだけで、基本的に手を出していない。

「いや、俺だけでやります」

けれども、将崇は首を横にふって幸一の助力を断った。

「爺様が……俺の料理を褒めてくれなかったのは、初めてだから」

「そうだったの？　そういえば、隠神刑部様……将崇君のいもたきが好きって話、さっきしてたかも……」

将崇は、里で一番上手くいもたきを作っていたと、隠神刑部は話していた。

いもたきは、愛媛県の郷土料理である。里芋やにんじん、鶏肉、こんにゃくなどを鍋で煮た料理だ。地域によって、味つけの傾向も違う。河原など、屋外で鍋を囲って、みんなで食べるのは秋の風物詩となっていた。湯築屋でも、毎年みんなで庭に出ていもたき大会を楽しんでいる。

「ああ、よく作ってた。美味しい美味しいって、爺様いつも食べてくれて……里の連中は味にうるさいからな。餅巾着《もちきんちゃく》も入って、豪華だったんだぞ」

「それ、去年も聞いた気がする」

「里のいもたきは最高だからな。まあ、湯築屋のいもたきも、なかなかだったけどな！」

「ありがとう」

狸たちのいもたきにも、参加してみたい。

「爺様にイマイチなんて、初めて言われた……」

将崇は本当にショックなのだろう。言葉に覇気がなく、肩が落ちていた。

「ねえ、将崇君。隠神刑部様に、いもたき作ってあげる？」

里の話を聞いて、九十九はそんな提案をする。

みんなで食べる食事は楽しい。旅館の醍醐味は豪華な御膳ばかりではないのだ。今年予定していたよりも早いが、お客様を集めていもたきをすれば、隠神刑部も楽しめるかもしれない。

「駄目だ」

将崇は首を横にふった。

「それじゃあ、俺が成長したって言えない。俺は爺様に安心して帰ってもらいたいからな」

隠神刑部に満足させるだけではない。

最終目標は将崇の成長を見せ、隠神刑部を安心させることだ。そこを間違えてはならないのだと、九十九は、はっとさせられた。

出会ったころの将崇は、自分や里が一番だと主張する場面が多かった。だが、人間の社会で学ぶうちに、それればかりではいけないと知ったのだ。

ここで、里と同じいもたきを作ったって、意味はない。

「俺がちゃんとしてるって、爺様に見せないと」

将崇の顔は真剣で、九十九と話している間も、一生懸命、思考を巡らせていた。

その様が非常に頼もしくて、九十九は安心してしまう。まだなんの糸口も見えていないのに、「将崇君なら大丈夫かな」と思えるのだ。

「明日の夕食、もう一回やる！」

将崇は決意を表明して、拳をにぎった。

「師匠っ。こんなときこそ、気合いを入れましょう！」

将崇の隣で、コマが跳びあがる。作業時に使う襷で着物の袖をまとめ、ふんっと胸を張った。

コマを見て、将崇もその場で跳びあがる。もくもくと白い煙が立ち込め、将崇の姿は狸へと変じた。

二人、いや、二匹で並んで腰に手を当て胸を張る。

「俺は気合いなんて入れなくても、大丈夫だけどなっ！」

「本当ですか！　すごいです、師匠っ！」

「お、おう……！　俺にまかせとけ！」

狸と狐の師弟が、厨房でぴょんぴょこ駆け回った。

♨　♨　♨

――んんー……イマイチじゃわい。

爺様の顔、残念そうだった……。

思い出すたびに、将崇は悔しくて奥歯を噛む。

厨房の椅子に座って、ずっと研究ノートとにらめっこ。将崇が料理を学びはじめてからのメモが、すべて記してある。

けれども、わかっていた。

ここに、答えは書いていない。

隠神刑部が満足するメニューなど、書かれていなかった。いくら読み返しても、糸口はない。それは将崇自身がよく知っている。

でも、このノートは将崇の軌跡だ。

これまで、自分がどんな風に料理と向きあったかの確認。最初のほうは拙いし、間違いや勘違いだらけでわけがわからない。最近のページには、妙に批評家めいた格好悪い薄っぺらい辛口なんかも記してあった。

読み返すと恥ずかしい部分も多いが、これが将崇だ。

だからこそ、今向きあうべきは、このノートだった。

「師匠？」

厨房の入口から、コマがこちらをのぞき見ていた。もう深夜だ。客どころか、従業員も寝静まる時間である。湯築屋には当直がない。深夜の要望があまりないのもあるが、基本的にシロが対応し、必要なら従業員を起こす。

「どうした？」

将崇が答えると、コマはぴょこぴょこと厨房へ入ってきた。

「師匠は寝ないんですか？　明日も、学校があるんでしょう？」

「まあ。そうだぞ、俺は忙しいんだぞ」

「はい、だから心配で……」

「いや、でも大丈夫だぞ！　心配はいらないからな！」

神は睡眠も必要としないらしいが、将崇やコマのような妖は寝ていないと身体を壊す。それでも、人間ほどの睡眠時間は要らない。

「お前こそ、寝ないのか？」

「寝てたんですが、明かりが見えたので……師匠は本当にすごいです」

将崇はコマに椅子へ座るよう、うながした。コマはぴょこんと跳ねて、丸椅子に飛びのる。

「ウチ、みんなにすごいすごいって言ってばっかりなので、言葉が軽いかもしれませんけど……でも、本当に師匠はすごいと思ってるんですよ。ウチの自慢の師匠なんです」

コマはいつも、誰かを応援していた。讃えて、褒めて……将崇にはない素直さがある。

だが、それを率直に評価するのも気恥ずかしくて、将崇はただ自分の顔を隠した。

将崇はすぐに顔が真っ赤になるらしい。専門学校の友達に指摘されて、初めて知った。どうして、高校では誰も教えてくれなかったのだろう。「無駄ツンデレ」などという変な呼称はあったけど。

「そ、そうか……そうだな！　お前はすごいって言ってばかりで、ちっとも自分は威張らない。もっと、堂々としていればいいんだぞ！　俺の弟子なんだからな！　……ああ、いや、違う。そのままでもいいぞ！　いいんだぞ！」

よく九十九から指摘されるが、我ながら、どっちなのだろう。将崇は自分でも、矛盾して混乱する瞬間がある。

「そ、そうだ。なにか食べるか。夜食なら、まかせろ！」

誤魔化したつもりになりながら、将崇は立ちあがった。と言っても、いろいろ試行錯誤した料理の残骸なので、夜食と呼べるのか謎なのだが……。

「本当ですかっ！」

コマがパァッと笑いながら両手をあげるので、用意することにした。本当に簡単なものを。

「出汁茶漬け……だ」

将崇はお茶漬け茶碗に盛った白飯をコマの前に置いた。そこへ、味噌漬けにした鯛をのせ、湯築屋で使っているアツアツの出汁をたっぷりかける。飾りに葉山椒《はさんしょう》をちょんと盛りつければ完成だった。

コマは目をきらきらとさせながら、お匙《さじ》を持ちあげる。弟子の幸せそうな顔が見られて、将崇も得意げになった。

「すごいですっ！　すごいですっ！」

コマは、やはり、すごいすごいと連発し、「いただきますっ」と手をあわせた。食べる姿も、実に幸福感であふれている。

「鯛とお味噌、あいます！　甘くて美味しいです！　お出汁にお味噌が溶けて、最高ですっ。あとあと、舌がピリリッと……でも、美味しいです！　美味しいです、師匠っ！」

「わ、わかったから、慌てるな」

そんなに褒められると、また顔が赤くなるっ！

将崇は必死に、師匠の威厳を保とうとした。

コマは美味しい美味しいと言っているが、将崇はこの料理を最高だとは思っていない。

メニュー自体は、以前に食べた和食を参考にした。

鯛と実山椒を味噌漬けにして、甘辛さの中にピリリとしたアクセントを溶け込ませるはずだったのだが……もとの料理では八丁《はっちょう》味噌だったのを、将崇の判断で麦味噌にアレンジした。

結果、麦味噌の甘さが強くなりすぎてしまったのである。味つけや調味料を変えることでやりようはあると思うのだが、完成形とは言えなかった。

そのような料理でも、コマは美味しいと言ってくれる。

納得はいっていないが……それなら、いいかとも思えた。

食べる者が喜ぶのなら、それ以上のものはない。料理を作りはじめて、将崇はそう考えるようにもなった。

そういえば、里でいもたきを食べる爺様も……こんな風に、嬉しそうだったな。

将崇は昔を思い出しながら、出汁茶漬けを口に流し込む。やはり、自己評価どおりに未完成の味だ。もっと工夫はできるはず。

なのに、コマと一緒だと、美味しかった。

「絶対、師匠なら大丈夫ですよ」

口の周りに味噌をつけて、コマが笑う。

「もっと、落ち着いて食べろよ。俺の弟子なんだからな、お前は。マナーのなってない弟子は里でも笑われるんだぞ！」

将崇は呆れながら、コマの口を拭いた。コマは「えへへ、すみません。気をつけます」と頭を掻く。

反省の言葉を口にしているが、尻尾が揺れているので嬉しそうに見えてしまう。いや、嬉しいのだろう。

将来は、こんな風に、たくさんの客を喜ばせる店を開きたい。

そこの……コマは看板狐と決めていた。

弟子だから、当然だ。と、特に意味はないっ！

「ウチ、師匠の迷惑じゃないですか？」

出汁茶漬けを食べ終わり、急にコマが聞いてくる。不意の質問だったので、将崇はすぐに返事ができなかった。

「ウチ、失敗ばっかりですし、変化もまだまだです……今日も……その……」

「爺様のことは、気にするな。もっと胸を張っていればいいんだぞ」

コマの声があまりに寂しそうだったので、将崇は慌てて言葉を継ぐ。

「その、あれは……狸は、あんまり狐が得意じゃないから、だ……俺だって、最初は狐の弟子なんか嫌だったんだぞ！　でも、お前は見込みがあるから弟子にしたんだ！　俺は、誰だって弟子にしてやるほど優しい狸じゃないからな！　いいか。俺の弟子はお前だけなんだぞ。これは威張っていいことなんだぞ！」

なにを言っているのか、よくわからない。ただ浮かんできた言葉を並べてみた。すると、なんだか師匠っぽい感じになったではないか。師匠の威厳を保っている気がするぞ。やっぱり、俺はすごい狸だな！

「本当ですか？」

「信じろ！」

ぽんっと、腹を叩くが、今は人間の姿であった。こちらのほうが、料理をするのに都合がいいので、将崇は人間の姿でいる時間が長い。

「俺はお前が――」

と、言いかけて……続きを見失った。驚くほどスムーズに言葉が出てきたのに、泡沫《うたかた》のように消えてしまう。

「師匠？」

なにもわからないコマが首を傾げていた。将崇は勢いよく顔をそらして隠す。

「なんでもない。も、もう寝ろ！　弟子！」

コマは不思議そうにしていたが、やがて、「わかりましたっ。おやすみなさい」と、椅子から飛び降りた。

「師匠も、あんまり遅くまでがんばりすぎないでくださいね」

「お、おう……大丈夫だ」

返事をしながら、将崇は再び厨房に向かう。

「おかげで、なんか思いついたかもしれない」

まだふわふわとした構想だが、将崇は研究ノートに目を落とした。開いていたのは、卒業旅行で乗車した観光列車・伊予灘《いよなだ》ものがたりのページだ。

ふと、あのときは八幡浜《やわたはま》まで行ったが、大洲《おおず》行きの便もあったなと思い出す。

明日こそは……。

将崇は、作業をはじめる。

5

今日もお客様は、隠神刑部と常連の天照しかいない。

隠神刑部への再チャレンジという大仕事に専念できる。ちなみに、天照は推しコラボの宅配ピザにハマっているので、今日も夕餉はキャンセルだ。ランダム封入の特典で目当ての品が出なかったらしく、昨日は部屋から奇声があがっていた。

大学から帰って、九十九も旅館業務に加わる。

今日は麻の葉模様の着物に、市松の帯をあわせていた。竹で作った簪が、素朴なデザインでお気に入り。最近の流行らしいので、のってみる。

「将崇君、大丈夫？」

廊下で出会った将崇の顔が眠そうだったので、九十九はついこんな声かけをしてしまった。目の下にクマができて、充血している。元気もなさそうだった。

すると、将崇はあくびを噛みしめながら、九十九を見る。声をかけるまで、九十九に気がつかなかったようだ。

「おつかれさま、だね？」

「ああ……大丈夫だ。俺は徹夜のできる狸だからな」

将崇も今日は学校だった。この状態で専門学校へ行ったのか。だとすると、同級生もさぞ心配しただろう。

「あ、昨日は……その……助かった」

「ん？」

将崇のお礼に、九十九は瞬きで答えた。

「毛布。朝は、冷えたからな……」

「え？　毛布？」

ますますわからなかった。将崇のほうも、「え？」と怪訝《けげん》そうな顔になっている。話がまったく通じていなかった。

「あれ？　す、すまない……なら、いい。勘違いだ」

「あ、うん。そう？」

なんだか、釈然としない話だ。

九十九は今朝、普通に起きて朝学校へ行った。

講義が二限以降のときは、九十九も朝早起きして旅館の手伝いをする。しかし、一限がある日は学校の時間にあわせて起床し、そのまま家を出ていた。

大学では、みんな「一限ダルい〜」と言っているが、九十九はむしろ、一限の日は少し寝坊できるという感覚だ。

「とにかく、今日は……いや、今日も頼む！」

将崇は改まった様子で、九十九に向きなおった。そして、深々と頭をさげる。

「ま、将崇君！」

今までにない将崇の態度に、九十九は狼狽してしまう。将崇とのつきあいも長くなってきたが、あまりないパターンだ。

長い間、将崇は顔をあげなかった。

真剣さが伝わってきて、九十九も背筋を伸ばす。

「うん、がんばろう。わたしも、しっかりやるから！」

将崇がこんなにがんばっているのだ。

接客をまかされる九十九が台無しにするわけにはいかない。二人で、いや、湯築屋みんなで隠神刑部に満足してもらおう。


固唾《かたず》を呑んで厨房を見守る。

調理しているのは、もちろん、将崇だ。幸一が隣で軽いアドバイスをしている。

コマは厨房の椅子に座り、将崇をじっと見ていた。九十九は、邪魔にならないよう、入口から中をのぞき込む。いつの間にか、碧も来ていた。さらに、アルバイトの小夜子《さよこ》や、番頭の八雲まで。まさに、湯築屋の面々が総出の状態だ。

「いいですねぇ。揚げ物、私好きですよ」

碧がお淑やかに笑った。厨房からは、油で衣を揚げるカラカラという音が聞こえてきている。

しかし、油の音を聞きながら九十九は不安になった。

隠神刑部は、昨日、「むつこい」と言ったのだ。脂っこい食べ物は、あまり好まないのではないか。そんな懸念がある。

将崇も、あの場にいたので承知のはずだ。

なのに、なんで揚げ物？

「楽しみですね」

九十九の心配は杞憂《きゆう》だと言いたげに、八雲が肩に手を置いた。

八雲は番頭のほかに経理なども担当しており、湯築屋になくてはならない存在だ。長い間、湯築屋に勤務してくれているベテランである。そんな彼に言われると、根拠もなく安心してくるから不思議だ。

みんなが、将崇の料理を見守っている。

ここにいる者たちは、みんな知っているのだ。将崇が、今までどれだけがんばってきたのか。そして、どういう人間、いや、狸なのかを。

だから緊張感はあるが、心配はしていない。

将崇なら、乗り越えてくれると信じていた。

「できた……！」

料理を盛りつけ終えた将崇が、顔をあげる。


そうして、できあがった御膳を、将崇と九十九で石鎚の間へと運んだ。

昨日の今日で不安になるけれど、九十九が暗い顔をするわけにはいかない。

「将崇君」

石鎚の間へ辿り着き、九十九は将崇に呼びかけた。

「大丈夫だよ」

九十九は精一杯、ニッと口角をあげて笑った。

接客時より、大きく大きく笑みを描く。

「あ、ああ……」

九十九の顔を見て、将崇は歯切れ悪くうつむく。

けれども、すぐに顔をあげた。

強い視線で、石鎚の間を見据える。

「失礼します」

ごくりとつばを呑み込んで、将崇は石鎚の間に声をかけた。

その目は真剣で、意識がしっかりと切り替わっているのがわかる。

「お料理をお持ちしました」

将崇に続いて、お櫃《ひつ》を持った九十九も客室へ入った。隠神刑部のために盛られたお櫃には、ごはんがたくさん入っていて、他のお客様のものより重い。将崇が「爺様の食べっぷりは、狸の中でも一番だからな！」と、言っていたのを思い出す。

「………」

入室して襖《ふすま》を閉めるとき、廊下にコマが立っているのが見えた。こっそりとついてきたらしい。

九十九は、コマにだけわかるように、唇の形で「待っててね」と伝える。コマは不安そうにしていたが、やがて、「はいっ」と大きくうなずいた。

コマの応援も背に、九十九は改めて室内に向きなおる。

「待っとったよ」

隠神刑部は部屋で浴衣を着てくつろいでいた。人間の姿に変化しており、座椅子でテレビを見ている。

「本日のお料理です」

九十九が襖を閉めると、将崇が隠神刑部の前にお料理を配膳する。

「今日はなんぞね、まー坊」

昨日と同じ和風御膳だ。

しかし、明らかに昨日とは趣が違った。

小鉢は、栗の渋皮煮や紅白なます、筑前《ちくぜん》煮、インゲンの白和えなど、野菜を中心にした料理だ。渋皮煮は中山《なかやま》町の大きくて立派な栗を使っており、特に目を引いた。けれども、全体として、比較的素朴な味わいの小鉢が並んでいる。

お造りはカツオのタタキで、「ぬた」を添えていた。同じ四国の高知《こうち》県でよく食べられる郷土料理の一つだ。にんにくの葉、味噌、酢などを混ぜており、独特の味わいがする緑色のソースである。見目は奇妙だが、さっぱりとした爽やかさが癖になるため、九十九は好きだった。

そして、メイン。

「メインのお料理は、大洲コロッケです」

将崇がメインの皿を示すと、隠神刑部は丸い顔に不思議そうな表情を作る。

「なんぞね、コロッケかね？」

「いいえ、爺様。これは普通のコロッケじゃないです」

厨房で将崇が大洲コロッケを見せてくれたとき、九十九は「なるほど！」と両手を叩いてしまった。

「一言で説明すると、いもたきコロッケです」

大洲市で生まれたご当地グルメで、いもたきとコロッケを融合させた料理だ。使われているのは、里芋やにんじん、こんにゃく、牛蒡《ごぼう》など、いもたきの具材である。里芋のペーストで具を包み込み、衣でサクッと揚げている。

お馴染みの郷土料理と、現代グルメが融合した新しい味だ。

そして、里での思い出も反映されている。

九十九が「いもたきを作ってあげれば？」と言ったとき、将崇は否定した。従来どおりではなく、成長した自分を見せたいのだ、と。

いもたきを、そのまま出すわけにはいかない。だが、大洲コロッケは思い出のいもたきでありながら、成長した将崇でもあるのだ。

まさに、将崇が隠神刑部に挑むのに、相応しいメニューと言える。

隠神刑部との思い出と、これからの決意。

メインの大洲コロッケには、それらの意味が込められていた。

「なかなか、面白そうやわい」

御膳を見た隠神刑部は、一言笑った。

「まー坊のごはんやけん、ちゃんと食べるぞなもし」

隠神刑部は、すんなりと箸をとり、手をあわせる。

「いただきます」

まず食べるのは……大洲コロッケである。

見守るだけの九十九まで緊張してきてしまった。

サクッと音を立てて、コロッケに箸が沈んでいく。

半分に割れると、湯気がほわりとあがった。里芋のペーストなので、断面は白くて粘り気もある。

隠神刑部は一口大にわけたコロッケを口に入れた。

じっくりと咀嚼する音を聞いていると、時間が無限に感じられる。

「んー……」

ごくりとコロッケを呑み込んだあと、隠神刑部は、なにかを考え込むように唸った。

またイマイチなのだろうか。一抹の不安が九十九と将崇の頭に過る。

「まー坊の味やわい」

噛みしめるような言葉だった。

隠神刑部は、大洲コロッケをもう一口食べる。

「うんうん。まー坊のいもたきの味がすらい。懐かしい」

ほわんと、丸い顔を緩めながら隠神刑部がうなずく。

その後も、箸は止まらず、次々と料理を食べてくれる。大洲コロッケだけではなく、他の料理もすべて残さず平らげた。お櫃のごはんも、空っぽだ。

よく食べたあとで、隠神刑部はでっぷりとしたお腹を、ぽんっと叩く。すると、煙がもくもくとあがって、大きくて丸い狸の姿に変じる。

「昨日のも美味しかったんやけど、今日のほうが好きぞな」

箸を置き、隠神刑部は将崇に向きなおった。

「こっちのほうが、まー坊らしくて、ええわい」

昨日の料理には、なにも悪いところはなかった。隠神刑部も言っているが、美味しいのには間違いなかったのだ。

しかし、「まー坊らしくて、ええわい」。この言葉に、隠神刑部の感想が詰まっていると、九十九は感じる。

昨日は「とにかく、美味しいものを食べてもらいたい」という将崇の気持ちが詰まっていた。

対して、今日の料理は「隠神刑部の好みにあわせた食事」になっている。

今日のメインは、いもたきをアレンジした大洲コロッケだ。それだけではない。小鉢の食材は、素朴な味わいの野菜がメインだった。

里での食事にあわせたのだ。

カツオのタタキは旬の魚を使っているが、ぬたを添えることによって、さっぱりとさせている。ぬたは香りが強く、ツンとした酸味があるが、生の魚を食べ慣れない隠神刑部の好みには適していた。藁《わら》焼きのタタキの香りも相まって、魚臭さをほとんど感じなかったはずだ。

「爺様、俺……もっと、ここで勉強します」

将崇は頭を深くさげる。

「本当は、考えたんです。爺様が言うなら、里へ帰ってもいいかもしれないって……」

将崇の告白に九十九は目を丸める。

一方の隠神刑部は、驚かずに続きを聞いていた。

「でも、俺やっぱり、今……俺の料理を食べてくれる爺様を見て、思ったんです。もっと、たくさん喜んでほしいって」

「それは……里ではできんのかね？」

里でごはんを作れば、きっとみんな喜んでくれる。どこでだって、同じではないのか。

隠神刑部は将崇にそう問うていた。

「俺は、ここでやりたいんです。いろんな人間や妖が来るお店を開きたい」

将崇は頭をあげて、しっかりと隠神刑部を見据えた。うしろにいる九十九にも、強い覚悟が伝わってくる。

「俺、誤解してました。人間なんて、嫌なヤツらばっかりで、俺らのほうがエライんだって。でも、学校へ行ったり、料理をしたりして……案外、仲よくなれるかもしれないと、思ったんです」

たしかに、将崇は最初、狸や自分が一番すごいという趣旨の発言が多かった。それがいつしか減っていたのに、九十九は最近気がついたのだ。そして、まっすぐに目標へ進む姿がまぶしかった。

「俺は、人間も妖も、もうちょっと仲よくできる店を作りたい！」

だから、人間の調理師免許が必要なのだ。神様が訪れる湯築屋での修業も、目標への道筋だった。

将崇の目標と行動は、一本に繋がっていた。なにもブレてなどいない。彼は、彼が思う道を進んでいる。

「やれるだけやってみたいんです。それができるようになってから、里へ帰ります」

将崇は、これまで隠神刑部――大好きな爺様に逆らってこなかった。

でも、今将崇は、その爺様の意に反する懇願をしている。

「里しか知らなかったら、こんな目標は、できませんでした。でも、里の思い出があるから、余計にそうしたいって思うんです」

隠神刑部がなにも言わないせいか、将崇の顔がだんだん青くなっていく。勢いにまかせて言葉を並べているが、沈黙が怖くなったのかもしれない。それでも、姿勢は一歩も退いていなかった。

「あの……ウチからも、よろしくおねがいしますっ」

いつの間にか、部屋の襖が少し開いていた。

「コマ……？」

コマが中をのぞき見ていた。コマは素早く隙間をくぐり抜けるように、将崇の隣に走り出る。そして、ぺこんと頭をさげた。

「ウチ、師匠のお店の看板狐になるって、約束したんです。中途半端で出来損ないの狐かもしれませんが……それでも、ウチは師匠の弟子なんです。ウチ、師匠のお料理が好きなんですっ」

コマが出てきたので、将崇は小声で「お、おま……！」と、さがらせようとする。だが、コマはずいずいと隠神刑部の前に出ていく。

「師匠の弟子として、恥ずかしくないようにがんばりますっ。堂々とします！　もっと、威張ります！　だから……ウチら、見守ってもらえないでしょうか」

こんなに堂々としているコマを、九十九は見たことがなかった。きちんと背筋を伸ばし、声を張りあげている……怖がって、尻尾はさがっているけれど。

「まー坊……」

ようやく、隠神刑部が口を開いた。

なんだか、か細くて寂しい声だ。狸の目元は、少しだけ潤んでいた。

「好きにおし」

　その一言で、将崇とコマが表情を明るくする。隠神刑部は二匹から顔をそらしながら、しかし、弱々しく微笑んだ。

「まー坊のごはん、美味しかったけん。また腕磨いて、食べさせてほしいんよ」

「爺様……」

「ほら、わかったら、さっさと膳を片づけんかね。ワシは明日帰るぞなもし。忙しいんよ。見たいテレビもあるけんね。里より映りがええから、見納めするぞな」

　隠神刑部はわざとらしく、しっしっと御膳をさげるよう、手で払う仕草をする。

　将崇とコマは、慌てて下膳した。


　隠神刑部様と将崇君が、上手くいきそうでよかったなぁ……。

　夕餉を思い返しながら、九十九は湯船につかっていた。

　営業が落ち着き、お客様の少ない時間帯に、こうやって入る温泉は格別である。特に、今日は女性の宿泊客が天照しかいないので、のびのびと時間を使えた。

　道後温泉は古くからの大衆浴場だ。道後温泉本館や飛鳥乃湯泉《あすかのゆ》は、その伝統を引き継いだ造りの温泉となっている。

　湯築屋では、同じ湯を引いているものの、趣を変えて岩の露天風呂となっていた。非常に開放的で、のんびりと羽を休められるし、半身浴だってできる。湯が熱いので、長湯は禁物だが。

道後温泉地区にある旅館やホテルは、それぞれにコンセプトの違った浴場を備えている。だから、あまり気にしたことがなかったが……今考えれば、湯築屋の岩風呂を見ていると——。


月子が休み、天之御中主神が訪れていた岩場を思い出すのだ。

空に月はない。

それは、ここが結界に閉ざされた、なにもない空間だからである。でも、シロの幻影ならば作り出すのは容易《たやす》いはずだ。

シロは月を嫌がっていた。

きっと、月子が亡くなった日を思い出すからだ。

記憶の旅で見た過去の光景に、とても重なる。

これは九十九の考えすぎなのかもしれない。

しかし、そう思ってしまったのだ。

「はー……出よ出よ」

九十九は、わざと思考を切り替えようと、独り言を言う。あまりにわざとらしくて、自分でも「ないわー」と突っ込みたくなる。

温泉から出て、手早く脱衣場で身体を拭く。高校のときの体操着を、寝間着代わりに使っていた。胸のゼッケンに「湯築」と書かれたままなのが、ときどき恥ずかしいけれど、あまり見せる人もいないのでそのままにしている。

「あ、将崇君」

お風呂あがりの牛乳をとりに厨房へ入ると、まだ将崇が残っていた。作業スペースには、今日使った食材が並んでいる。まだ将崇が残っていた。

「な……なんで、今……！」

けれども、将崇は九十九を見た瞬間に、慌てふためいて跳びあがった。そんなに、わかりやすいリアクションをしなくても……珍しく尻尾まで出てしまっている。

「大丈夫？　なにしてるの？」

後片づけではなさそうだ。

「今日の……復習を……」

将崇は恥ずかしそうに顔を赤くしながらつぶやく。

なるほど、そういうことか。九十九は納得した。

「あいかわらず、勉強熱心だね」

「そ、そうか……お前ほどでもないけどな」

「いや、わたしのは駄目なやつだと思うから……」

九十九は受験勉強で根を詰めすぎてしまった。小夜子たちを心配させたし、あれは失敗だったと、自分でも反省している。

「これから、また作るの？」

広げられた食材を示して、九十九は将崇に問う。

隠神刑部に出した大洲コロッケもあった。すでに成形されてパン粉がついており、あとは揚げるだけとなっている。

「あ、ああ……まあ。初めて作ったからな」

「初めてだったの？　すごい！」

「れ、練習はしたけどな！　でも、食べてもらうのは、初めてだった」

だから、将崇は忘れないように、もう一回作ろうとしているのだろう。

「た、食べるか？」

将崇はぎこちなく言いながら、九十九に丸椅子を勧めた。

夕食のまかないは食べたが、まだ入る気がする。お言葉に甘えて、九十九は椅子に座った。

将崇は、すぐに調理を再開する。

熱した油に、成形したコロッケを滑り込ませていく。じゅわっと、衣が油をまとう音が、食欲をそそった。しばらくすると、カラカラと笑うような音へと変化していく。揚げ物の音色は、聞いているだけで楽しくなる。そして、夕食後なのに、お腹がぐうぐうと鳴りはじめた。

「お前、本当によく食べるよな」

「え！　そ、そんなこと……ないんじゃ、ない、かな……！」

そんなことある気がしてしまい、九十九の反論は歯切れが悪かった。自覚はなかったが、九十九は……よく食べる。買い食いや、厨房でごはんをもらう機会も多かった。大学へ行く鞄には、いつもなにかしらのお菓子が入っている。

改めて指摘されると、恥ずかしいなぁ……。

「ん」

将崇は短く言って、九十九の前にコロッケを置いてくれた。

狐色の衣がこんがりとしていて、本当に美味しそう。こうしているだけで、揚げたての熱が伝わってくる。

「食べていい？」

「た、食べろ！」

一応、聞いてみたのだが、ぶっきらぼうに返されてしまった。

九十九は早速、手をあわせる。

「いただきまーす！」

箸で衣を割ると、サクッと音がする。これだけで、もう堪らない。

里芋のペーストで作られているため、断面は白っぽくて粘り気がある。一口分にして、アツアツの湯気をふーふーと冷ましてから食べた。充分に冷ましたはずなのに、口内を熱が刺激して痛い。

噛むとサックサクの衣と、とろとろの里芋の組みあわせが最高に面白かった。そして、ちょっと甘い醤油と出汁の風味が素朴で……たしかに、いもたきの味がする。コロッケなのに、いもたきだ。

「すごく美味しい！」

揚げたては、熱いけれど一番美味しい。箸が止まらなくなった。

こんな調子でぱくぱくと食べていたが、将崇が九十九の顔をのぞき込んでいるのに気がつく。なんだか食べにくくなって、九十九は苦笑いした。

「ごめん、やっぱりわたし、よく食べるのかも……？」

「いや、それはいいんだぞ。お前のそういうところが、嫌いじゃないからな……ああ、いや、お前なんてどうでも……よくない！　いや、いい！」

「ねえ、どっちなの？」

将崇が急に、いつもの矛盾した主張をはじめる。これが京の言う「無駄ツンデレ」という現象だ。

「お前は、本当に美味しそうな顔で食べるからな。つい、食べさせたくなる……いや、違うぞ。間抜け面で、物欲しそうにされているから、俺が恵んでやってるんだぞ！」

こっちは、「無駄威張り」と呼ばれている。指摘すると、きっと無駄に怒るので、九十九は心の中で笑うだけに留めた。

「俺が人間の街で店がしたいと思ったのも、お前のおかげだからな！」

「そうなの？」

それは初耳だった。

九十九は食べ終えた皿に、箸を置く。

「そ、そ、そそそ……」

九十九が見あげた将崇の顔は、やっぱり赤かった。九十九の体感で、将崇は一年の半分くらいは、顔を真っ赤にしている気がする。本当に体感なので、そんなことはないと思うけれど。

「そ、そうなんだぞ……威張っていいんだぞ！」

「いや、威張らないけど」

「そうか！」

最初は慣れなかったが、今は将崇と話すテンポもわかってきた。

「あの、さ……俺、お前に言っておきたいことがあるぞ！　勘違いされてたら、困るからな！」

「うん、なに？」

将崇はごくりとつばを呑み込み、緊張した面持ちだ。

「はじめは……爺様の無念を晴らすために、お前にいろいろ言った気がするんだけど、あれは、その……まだよくわかっていなくて」

将崇は隠神刑部の無念を晴らすため、里を飛び出して湯築の巫女を強奪しにきた。その目的は、何度も聞いたので九十九も知っている。

「でも、俺自身は、お前が好きじゃない。ああ、いや、好きだ！　ん、変だぞ……やっぱり、嫌いだ！」

「うん、だからどっち？」

「わからない！」

威勢よくきっぱり言い放たれてしまったので、九十九は思わず噴き出す。将崇はムッと口を歪《ゆが》めるが、ごほんと咳払いする。

「嫁には欲しくない」

つまり、恋愛対象ではない。と、九十九は解釈した。

「うん。わたし、シロ様のお嫁さんだし」

「そういうことじゃないぞ。俺は、やる気になったら、いつだって、里にお前を連れて行けるんだからな！　でも、そうしないって言ってるだけなんだぞ！」

「うんうん、わかってるよ。ごめんね、ちょっと意地悪な答え方しちゃって」

改めて宣言されなくとも、九十九は将崇の意中にないと理解している。

わざわざ、こんな話をする将崇は真面目でいい子、いや、いい狸だと思う。

「将崇君、ほかに好きな子がいるんだよね？」

「な……！」

これも、意地悪な聞き方だった。けれど、こういう聞き方でもしないと、将崇の口から、ずっとその話を聞けないような気がした。

将崇は口をぱくぱくと開閉させているが、上手く答えられないようだ。視線をあちらこちらに泳がせている。目が回らないのだろうか。

「な、な……な、な、な、な、な、ななな……」

「わたしは、応援してるよ」

「お、おう……って、そうじゃない！　違う！　いや、違わな……違う！」

「なにが？」

「あれは、そんなんじゃゃ……嫁……嫁じゃなくて……ちが……弟子……」

このままだと、将崇は無限に慌てふためいていそうだ。それを見ているのも悪くないのだが、九十九にそんな趣味はない。

本人にもはっきりしていないのかもしれないが……将崇が、コマを大変気に入っているのは、傍《はた》からでもわかることだ。

隠神刑部にも。

気づいていたからこそ、隠神刑部はコマに対して、露骨に冷たい言い方をしたのかもしれない。あの一瞬で、将崇がコマをどう思っているのか、隠神刑部は察しただろう。

「本当、将崇君は素直じゃないよね」

わかりにくいようで、非常にわかりやすい狸さんだ。

6

翌日、隠神刑部は湯築屋を去る。

「まー坊の言ったとおり、満足させてもろたわい。ワシは帰るぞなもし」

隠神刑部の両手には、坊っちゃん団子の紙袋がいっぱいさがっていた。昨日、人間に化けて買い物へ行ったらしい。里の狸たちがあんこを好むのだという。

「隠神刑部様、またのご来館をお待ちしております」

玄関に立った隠神刑部を、湯築屋の従業員が見送る。

もちろん、将崇もその中にいた。

「まー坊の様子、また見に来《く》らい」

隠神刑部は丸みのある顔で、穏やかに笑って手をあげた。坊っちゃん団子の紙袋が擦れて、がざがざと音を立てる。

「爺様、今度は事前に言ってくれたら迎えにいきますよ」

「いんや、抜き打ちじゃわい」

将崇の申し出を、隠神刑部は軽く一蹴する。湯築屋としては予約なしで来てもらっても構わない。が、将崇はいろいろと準備をしたいようだ。

隠神刑部は最後に、並んだ従業員と一人ずつ目をあわせていく。

けれども、コマにだけは視線を向けようとしなかった。やはり、コマは認めてくれないのだろうか。

シュンと、コマがうつむいてしまう。

「ありがとうございました」

それでも、隠神刑部が玄関から出ていくと、コマも一緒に頭をさげた。笑顔でお客様を送り出そうとする。

「爺様、また来るって言ってただろ。次、立派な狐になっていればいいんだぞ！」

隠神刑部が去ったあと、落ち込んでいるコマに将崇が声をかけていた。

「は、はいっ。そうですね……ウチ、がんばります！」

将崇に励まされ、コマもうなずいている。

この二匹は、放っておいても大丈夫だと思う。

九十九は心配しないことにして、隠神刑部が宿泊していた部屋を片づけようと、玄関をあとにした。

「あ……」

だが、廊下の向こうに、見覚えのある紙袋を見つけた。嫌な予感がして、素早く近づくと……やっぱり。

坊っちゃん団子の紙袋だ！

隠神刑部が落としていったに違いない。彼は両手にいくつも袋を抱えていた。しまった。気を利かせて、大きな紙袋に入れてあげればよかった……。

九十九は後悔したが、今は隠神刑部に追いついて坊っちゃん団子を渡すのが先だ。着物では走れないが、精一杯急いで、玄関へ向かった。

従業員用の下駄を履き、旅館の外へ。

秋の湯築屋は紅葉の舞う庭が美しい。枯れず、青みを残さず、真っ赤に染まった紅葉の色は、目が覚めそうだった。

その中を進むと紅葉の着物も、ひらひらと袖が揺れる。

「隠神刑部様！」

目当ての姿を見つけ、九十九は思わず叫んだ。

来たときとは違い、隠神刑部は湯築屋の庭をながめていた。美しく色づいた木々や、近代和風建築の旅館を見あげ、立ち止まっている。

「おおー。おやおや……すまんねぇ。ワシ、忘れとったんかね」

走ってきた九十九と、坊っちゃん団子から、隠神刑部は状況を察してくれた。

「間に合ってよかったです……！」

隠神刑部に追いつくころには、九十九は息が切れていた。

うーん、高校のときは、もうちょっと余裕だったはずなのに。大学になって、運動量が減ったからかも……。

「…………」

しかし、隠神刑部の表情は思っていたものと違っていた。

なんか、寂しそう……？

「ああ、気にせんといて。ちょっと我慢しとったんよ」

隠神刑部は弱々しく笑った。

「まー坊が心配なんじゃが、あんなに大きくなってしもうたら……ワシ、口出せんけんのう」

隠神刑部は、満足してくれた。

だが、安心して帰るわけではない。

将崇がまだ心配なのだ。

「ほうやけど、あんな必死なまー坊を無理やり連れて帰るんも、カッコイイ爺様じゃなかろう？」

それでも、隠神刑部は「将崇の爺様」で在りたいのだ。将崇が尊敬する、カッコイイ爺様でいるために、湯築屋を去ろうとしている。

「こんなん、まー坊に言うたらいかんよ。これも、ワシとあんたとの約束ぞな」

「はい、言いませんよ」

九十九は笑い返しながら、口に人差し指を当てる。

隠神刑部と、また秘密の約束をしてしまった。全部、カッコイイ爺様で在るための約束である。

「あと、あの狐なんやけど」

「コマですか？」

さっきも、隠神刑部はコマと目をあわせてくれなかった。やはり、意識してそうしていたようだ。

「まー坊は、あれを好いとるぞなもし？」

直球ストレートな聞き方に、九十九は苦笑いする。だが、将崇がはっきり肯定していないものを、九十九が「そうです」と言うわけにもいかない。

「だ、だと思います……たぶん、十中八九」

我ながら、とてもあいまいな断定になってしまった。

「あれは……半端やけど、ええ子ぞな」

その言葉は、意外だった。

いや、コマはいい子だ。けれども、隠神刑部の口からそれが出てくるとは思っていなかったのだ。

「まー坊が風邪引かんように、毛布かけよったわい」

そういえば、将崇は九十九に毛布の話をしていた。

夜中に眠ってしまった将崇に、毛布をかけたのはコマだったのだ。隠神刑部は、それを見ていたのだろう。

「それに、このワシのようなスペシャルな大物狸に向かって、まー坊と一緒に頭をさげる姿勢。悪くないわい」

そう言い切って、隠神刑部はうんうんとうなずいた。

「だったら、どうして……」

コマを認めてくれたなら、本人に言ってあげればいいのに。けれども、隠神刑部は首を横にふった。

「あれは化け狐としては半人前やからのう。しばらく、抜き打ちで来て扱《しご》いてやらんといかん！　威厳が大事ぞな」

急に隠神刑部は張り切って腕をブンブン回した。

「じゃあ、やっぱりまた来てくださるんですね」

「当たり前ぞなもし」

コマも、「次こそは！」と意気込んでいた。ここは、隠神刑部の好きにさせたほうがいいのかもしれない。

九十九としては、認めてくれたのなら素直に態度に表してほしいが。

「話してたら、落ち着いてきたわい。ありがとう」

いつの間にか、隠神刑部の顔は晴れやかになっていた。

今度こそ、湯築屋から去ろうとする。

「帰って来《こ》うわい」

また来ると、手をふって、隠神刑部は湯築屋の門を潜る。

「はい、お待ちしています」

九十九は頭を深くさげ、隠神刑部をお見送りした。

幻影の紅葉が、はらりと落ちる。

榎．榎の神と同居人

1

蒼《あお》い月が、見おろしていた。

この夢では、いつも空に満月がある。

優しく、やわらかな光だった。

頭上を仰いで、九十九《つくも》は「そういえば、もうすぐお月見だったっけ……」と、考える。

基本的に、行事ごとは頭に入っているつもりなのだが、どうも、月見だけは抜けやすい。

長い間、湯築屋《ゆづきや》で月見が行われなかったからだろう。

湯築屋の主たるシロが、月をあまり好まないのだ。最初は理解できなかったが、今の九十九は理由を知っている。

今年のお月見、やってもいいのかなぁ……準備はしてるけど。

「今、集中してなかったね。慣れてきたかな？」

月をながめていた九十九の顔を、女の人がのぞき込む。

しなやかな黒髪が、白い装束をまとった肩から落ちる。黒々とした目は大きくて、少女のようにも、妙齢の女性のようにも感じられた。青白い月明かりのせいなのか、肌が透き通っていると錯覚させられる。

「すみません、月子《つきこ》さん……」

ここは、夢の中。

湯築の巫女が術を引き継ぐ場であった。その主である月子は、湯築の初代巫女だ。つまり、九十九のご先祖様である。

九十九は掌に視線を落とす。

透明な結晶がのっていた。月の光を反射して、クリスタルのごとく煌《きら》めいている。薄い結晶が幾重にも連なる様は、薔薇《ばら》の花にも似ていた。

どこまでも無色で、光の加減によって色彩が変わる。何色にでも染まる結晶だ。形や大きさの調整はできるが、色だけは変化しない。

九十九の神気を集めた結晶である。

これが、九十九の色。

「慣れてきたんなら、課題を増やそうかな？」

月子は意地悪に笑って、九十九の手から結晶を持ちあげる。

「すみません……」

今日は身が入らないようだ。

気が散る理由は明確だった。シロからの話を、九十九が聞きそびれていたからだ。

九十九の神気について、話してもらえる約束をしている。隠神刑部《いぬがみぎょうぶ》の来館があり、湯築屋がバタバタしたせいで、二日間、ずっと聞けずにいたのだ。幸い、隠神刑部は今日、いや、正確には昨日、無事お帰りになった。

天之御中主神《あめのみなかぬしのかみ》からもらった肌守りのことも気になる。

いつも、ポケットに入れて持ち歩いているのだが、あれはなんのためにあるのだろう。天之御中主神は、なにも説明してくれなかったし、あれっきり九十九の前にも現れない。

これも、シロに尋ねてみようか。

しかし、天之御中主神の話をすると、シロはいつも不機嫌になる。天之御中主神に、よい感情を抱いていないのが伝わった。

シロの成り立ちを考えると、当然なのかもしれない。彼はいつも天之御中主神について言及するのを避けている。

「今、答えてもいいいんだけど？」

九十九の考えは、月子に筒抜けだったらしい。

ここは月子の住む夢だ。いろいろな法則が現実とは違うし、月子の都合がいいようにできていた。この夢は、シロの結界に似た空間なのだと、九十九は大雑把に理解している。

「いえ……」

九十九は少し迷ったが、首を横にふる。

「シロ様に聞きますので、大丈夫です」

「そう。そのほうがいいかもね。シロがあなたと向きあうためには」

九十九が断っても、月子が気分を害した様子はない。ただ受け入れてくれる。

「でも、あなたにとっては、そうじゃない。これだけは早めに知っていたほうがいいと思う。それに、あの子はまだ認めたくないんだと思う」

月子は表情を改める。

なんだろう。急に緊張してきた。

「あなたの神気は、守りの特性を持っている。それは間違いない」

九十九の神気は「守り」の特性が強い。退魔の盾も幼少期に覚えたまま、ずっと使っている得意な術だった。

「でも、巫女は力を借りる存在でもある。その力の性質は、神の影響を受けやすい。特に、あなたは湯築の巫女。そして、今までの誰よりも、最も天之御中主神の本質に近づいた。それは、あなたの唯一性でもある。だから、まだ未知数」

「影響……」

天照も言っていた。

力は不変ではない、と。

だとすると、九十九の神気は天之御中主神の影響で変わりつつある……？

九十九は唯一、シロの過去を知り、天之御中主神の本質に近づいた巫女だ。ほかの誰にも起こらなかった変化が生じているのかもしれない。

「まだ、その力は使わないほうがいい」

月子の顔が近づく。

九十九は息を吞んだ。

使わないほうがいいと言われても、扱えない。きっと、アグニとの火消し対決のときは、偶然の産物だったみたいに……しかし、その言葉は九十九の未熟さを指摘したものではないような気がした。

月子は九十九の額に、自分の額をあわせる。

吐息のかかる距離だ。

九十九は思わず、呼吸を止めた。

「それは、神を――」

♨　♨　♨

「────ッ！」

急激に、意識が呼び戻された。

九十九は布団の中でうつ伏せのまま、手だけを伸ばす。

しかし、そこにあるのは月子の身体ではない。ひんやりとした空気をつかむばかり。ぱたぱたと、手を動かして触れるものは、なんだ。

つやつやと、硬くて冷たい。

「んんぅ……ふ、はあぁ……」

まだ寝ぼけているので、なにが起こったのか把握できなかった。

が、次第に周囲の状況がわかってくる。

頭元に置いたスマホが鳴っていた。これに起こされたようだ。九十九は無意識のうちに、スマホを止めようと手を伸ばす。

「朝……？」

起床時間にあわせたアラームではなかった。いつもと音が違う。

電話？

九十九はスマホを手に取り、布団に潜り込む。邪魔なので、充電端子は抜いておく。耳に当てるのが面倒なので、タップしてスピーカーモードで通話した。

「もしもし……いらっしゃいませ……」

駄目だ。寝ぼけている。頭がちっとも起きあがらなかった。

画面を見ると、午前三時だ。

いくら旅館の業務をしていても、いつもはもっと遅い時間に起きる、というか、まだ深夜ではないか。朝とは呼べない。

『ご、ごめん……やっぱり、寝てた、よね？』

話し方や声に聞き覚えがある。同じ大学の燈火《とうか》だった。

どうしたのだろう。こんな時間に。

燈火ちゃん、なにかあったのかな？

九十九は急に心配になって、頭が冴えはじめた。

「燈火ちゃん？　どうしたの？」

こんな真夜中だ。深刻な話に違いない。

『いや、その……旅館って、何時に起きるのか、わからなくて……やっぱり、まだ寝てたよね。ごめん……』

「うーん。たしかに、まだ早いかもだけどぉ……」

受け答えしながら、あくびを噛みしめる。

九十九は眠い目を擦《こす》りつつ、真剣に燈火の話を聞こうとした。

『ごめん……いつ起きるかわからなくて、ボクのバイトあがりに……』

そういえば、ライブハウスでアルバイトしていると言っていた。それなら、夜中にあがることもあるのか。明日も学校なのに、燈火ちゃんすごいなぁ……。

だが、燈火が電話をくれた理由を聞いて、九十九はちょっと嬉しくなる。

それは、燈火からの初めてのお誘いだった。

2

今日の講義は一限と二限、そして四限だ。

つまり、お昼休みと三限目が丸々空き時間である。こういうときは、ゆっくりと二時間半のランチタイムを楽しむことができるのだ。

九十九と燈火は二限が終わってすぐ、大学を出て路面電車に飛びのった。

松山《まつやま》の路面電車は城山《しろやま》を囲うように巡らされた環状線と、道後《どうご》温泉地区行きがある。これから環状線で向かうのは、松山市《まつやまし》駅の方面だ。

「湯築さん、ほんとごめん。ボク、空気読むの下手だから……迷惑かけちゃった」

今日、大学に来てから燈火はずっとこの調子だった。早朝、というか、深夜に電話をかけてしまい、本当に申し訳ないと思っているのだろう。

九十九の起床時間を知らず、「旅館の仕事があるから、朝が早い」という情報しかなかったので、しょうがない面もある。

「あんまり謝らないで。大丈夫、わたし二度寝も大好きだから」

「いや、二度寝はたしかに気持ちいいけど……」

「いいんだよ。わたし、それより嬉しいから」

朝早く起こされてしまったが、九十九は気分がよかった。

初めて、燈火からランチに誘われたのだ。

いつもは九十九の提案で出かけるので、これは単純に嬉しい。

「結構、くだらなくて、ごめん……」

「くだらなくないよ！」

九十九は大袈裟《おおげさ》に首をふった。

燈火は本当に自分を否定しないと気が済まないようだ。謙虚や謙遜は日本人の美徳らしいが、何事にも限度がある。燈火の場合は、もっと図太く生きたほうがいいと思う。

「燈火ちゃんは、もっと自信持とう。伊予万歳《いよまんざい》もすごく綺麗に踊れるし、お洒落で素敵な女の子なんだから」

「そんな、どこにでもいるでしょ……」

「いーまーせーんー」

路面電車がガタンッと揺れる。木製の床のうえで、九十九と燈火は足を踏ん張らせて、転倒しないようにつとめた。揺れる路面電車では、よくある光景だ。

マッチ箱のようなオレンジ色の路面電車は、ぐるりと市内を回って走る。

九十九たちは、松山市駅の手前、目的地付近で電車をおりた。

路面電車は距離に関係なく、料金が一律なのが嬉しい。降車時に、伊予鉄道《いよてつどう》で使用できるＩＣい～カードをぽんっとタッチして支払いを済ませる。

降車したのは、南堀端《みなみほりばた》駅。

松山城を囲うお堀の南側だ。北へ進めば、大きな堀之内《ほりのうち》公園が広がっている。公園には愛媛《えひめ》県美術館や松山市民会館、県立図書館などもあり、老若男女の憩いの場として機能していた。

だが、今日の目的地は南側だ。

二人は松山市駅側に向かって、少し歩く。

「行ったこと……なくて」

「いいよ、いいよ。わたしも、すっごく久しぶりだから」

ほどなくして辿り着いたのは――ラーメン屋さんだ。

店の入口には長暖簾《ながのれん》がかかっており、中が見えないようになっている。赤い提灯が居酒屋のような雰囲気も漂わせていた。看板には、「中華そば」と「おでん」の文字も。

初めて松山を訪れたお客様から、ときどき言われる言葉がある。

——この土地の食べ物は、味つけが甘い。

松山の味つけは、甘いらしい。「らしい」というのは、九十九にはあまり自覚がないからだ。外から来たお客様特有の感想だろう。

松山の料理は煮物や汁物などを、甘く味つける特徴がある。

甘い味の代表格として、名前がよくあがるのが、この店のラーメンだった。

「本当に、甘いのかな？」

「うーん、甘いと言えば甘いよ」

「ラーメンなのに？」

「うん。でも、美味しい！」

「へ、へえ……甘いのに？」

「甘いけど。ううん、甘いからこそ」

朝の記憶を辿り、燈火が九十九を誘ってくれた理由を思い出す。

ここは、アルバイト先の先輩がイチオシしている店らしい。今度一緒に行こうという話にもなった。

が、燈火は「ラーメンが甘い」と聞いて尻込みしたのだ。

慌ててインターネットで調べると、たしかに甘いことで有名らしい。しかも、野菜や素材の甘みではなく、砂糖で味をつけている……などという情報を仕入れて、とっさに断ってしまった。

とはいえ、その味は気になる。迷った挙げ句、九十九に連絡した……という話だった。

「大丈夫だよ。甘いことには甘いけど、お菓子みたいなラーメンじゃないから」

「そうなんだ……じゃあ、そんなに甘くないのかな？」

「うん？　わたしは、そこまで甘くないと思うよ？」

「じゃあ、安心かも……」

燈火はほっとした表情で、店の暖簾を潜る。九十九も、久しぶりのお店にわくわくした。

店内は奥に延びる構造だ。「二名です」と告げると、一番奥側のカウンター席へ案内された。

「ねえねえ、燈火ちゃん。おでんも頼もうよ」

カウンター席からは厨房が見える。しかし、なによりも、目の前に鎮座するおでんに視線を奪われてしまった。

「あ、うん。ボクも気になってた……」

結局、二人はラーメンを並み盛り二つと、おでんをいくつか注文した。

「いらっしゃいませー！」

さすがは、お昼時だ。お客様の出入りが絶えない。

九十九たちのほかにも、何組かカウンター席にお客様が通された。

「あ……」

そのとき入店したお客様は、おひとり様だった。

スラリと伸びる手足が、モデルのようで美しい。ノースリーブのニットワンピースに、ショートブーツという服装が、秋らしくて素敵だ。深紫のベレー帽がのった髪はツヤツヤで、アシンメトリーに切られたボブカットもお洒落だった。

小麦色の肌が健康的で、はにかんだ口から見える歯が白い。アーモンド型の目は大きくて、とても愛嬌があった。

見たことある。

「ねえ、湯築さん……」

隣の席で、燈火が身震いした。

あのお客様が、人ではないと気づいたのだ。

「大丈夫だよ、燈火ちゃん。あのお客様は、悪いことなんてしないから」

燈火には、まだ人ならざる者の善悪がよくわからない。九十九は安心させようと、そっと耳打ちした。

そんな九十九と燈火の姿が目に入ったのか……件《くだん》のお客様は、カツカツとブーツの踵《かかと》を鳴らして、こちらの席まで歩いてきた。

九十九とお客様、しっかりと目があう。

「なにか、私に用事と見えた」

お客様は整った顔に、夏の花のような笑みを浮かべた。興味深そうに九十九と視線をあわせ、隣に座る。

「もしかして……お袖《そで》さんですか？」

九十九が問うと、お客様――お袖さんは「ふふ」と微笑を返した。

ここから歩いて数分の距離に、八股榎大明神《やつまたえのきだいみょうじん》がある。お袖さんは、そこに祀《まつ》られた化け狸の神様だ。

お袖狸は、通称「お袖さん」として松山で親しまれている神様だ。

八股榎大明神の信仰は、お袖さんが一本の榎に住みついたことではじまる。その榎は、一株から八本に幹がわかれた立派な大木だったようだが、一度は強風で倒れてしまった。けれども、代わりに植えた木が大きく育ち、そこに祠《ほこら》が置かれ、お袖さんは神様として祀られることになったのである。

しかし、この八股榎大明神は、このあと何度も消滅の危機に遭遇していた。

明治、松山電気軌道《まつやまでんききどう》が開通する際、榎が邪魔になってしまったのだ。仕方がなく、八股榎大明神は場所を移されたが定着せず、結局、また堀端の別の榎に祠が建てられることで、そのときは落ち着いた。ちょっとした引っ越しだ。

それが昭和に入り、伊予鉄道の路面電車複線化に伴い、再びお袖さんの榎が邪魔になってしまったのだ。

やむを得ず、榎の伐採が決定された――が、伐採作業は難航し、病人や怪我人が続出したという。まるで、お袖さんが伐採を拒むかのようだった。

作業は一向にはかどらず、榎は伐採ではなく根ごと、別の場所へと植えかえられる措置がとられた。けれども、移植した榎の大木は枯れて、引っ越しは失敗してしまう。

しばらく行き場をなくしたお袖さんだったが、予讃《よさん》線の伊予大井《いよおおい》駅にて化けて出たという噂話が広がり、人々の信仰の根深さを証明した。

戦後になり、三度《みたび》堀端に生えた榎の下に祠が建てられる。それが祀られ、現在では小さな赤い鳥居が並ぶ社となっているのだ。

非常に複雑な経緯と危機を乗り越え、今も人々から信仰されるお袖さん。松山を見守ってくれる存在でもあった。実際、行き交う人々を観察するのが好きな神様であると伝えられている。

九十九は先日、将崇《まさたか》とお袖さんが一緒に歩く姿を目撃していたので、容姿にピンときたのだ。神様としての神気と、妖《あやかし》としての妖力、どちらも感じる。

「君は……ふむふむ。すごく甘い神気だね。なるほど、なるほど。わかったぞ！　将崇君の、元お嫁さんだね？」

「も、も、もと……およめさん……!?」

思ってもいなかった呼ばれ方をして、九十九は顔を引きつらせる。

「ゆ、湯築さん……バツイチ……⁉」

案の定、燈火が勘違いしていた。

「違うよ。違うんだよ、燈火ちゃん！　これは誤解なんだってば！　わたし結婚してないから！　あ、いや、結婚はしてる、けど」

「結婚してるの⁉」

「ああああああ、それも違う……！」

シロとは結婚しているので違わないのだけど。

ややこしい。話がまとまりそうになかった。

「とにかく、ええっと。燈火ちゃん。あとで説明するね！　とりあえず、こっちの方はお袖さん。八股榎大明神に住んでる、狸の神様だよ」

最後の説明は、他の人間に聞かれないよう、小声でする。

「神様なの？」

「そう、この方は神様なんです」

「す、すごい。神様……お地蔵様もすごかったけど、神様もやっぱり綺麗なんだね」

「火除《ひよ》け地蔵様は、ちょっと変わった方だけど……うん。たしかに、神様は綺麗な方が多いよ」

「すご……！」

燈火はお袖さんに興味を移してくれた。よかった。いったん、結婚の話はおいておける。

「それで、お袖さん。お食事ですか？」

九十九はお袖さんの服装を改めて、上から下まで見つめる。

とてもお洒落で素敵だ。モデルみたいで憧れてしまう。けれども、ラーメンを食べる格好ではない気がした。

「ふふん、ライフワークなのだよ」

お袖さんは得意げに言って、ラーメンを注文する。そして、カウンターに座る人々をじっくりと、楽しそうにながめた。

「ねえ、君はどう思う？」

お袖さんは、ズイッと九十九に顔を近づける。いきなりだったので、九十九はビックリして身を引いてしまった。

「カウンターは、みんなの顔がよく見えるだろう？　とても、興味を惹かれるねぇ。君もそうは思わないかね？」

「え、ええ……まあ……？」

「わかるかい？　わかるかね！」

すごい食いつき……九十九は気圧《けお》されてしまうが、お袖さんの勢いは止まらない。お袖さんは九十九の手を両手でにぎり、きらきらと目を輝かせた。

「たとえば、あそこに座っているオジサマ。いかにも頑固で偏屈そうな見目だが、実はそうじゃない。見てごらん、髪がさっぱり切りそろっている。最近、切ったばかりなんだろうさ。君、どう思う?」

「どう……って?」

さっぱりしてるなぁ、と思う。

九十九が目をぱちぱちとしていると、お袖さんはチッチッチッと舌を鳴らした。

「あのオジサマは、恋をしているのだよ」

「こ、恋……ですか?」

「そうとも。しかも、歳の離れた若い子だ。それを胸に秘めつつ、日々悩んでいるのだよ。今もラーメンをすすりながら、その子を想っているのさ」

「そ、そうなんですか?」

九十九には、そんなことはまったくわからなかった。容姿だけで当ててしまうなんて、すごい。さすがは、長年、松山で祀られてきた神様だ。

「そうだったら、すごく面白いだろう?」

九十九が感心していると、お袖さんはウインクしてみせた。あまりに自然なウインクだったので、九十九は呆然とする。

「想像さ。想像力こそ、日々を彩るのさ。人間を観察して、その人物を想像する。とてもわくわくするじゃないか！　私のライフワーク、毎日の楽しみさ。カウンター席というのは、人間観察と想像に適しているのだよ」

「じゃあ、さっきのオジサマの話は……」

「この私の、クリエイティブな想像さ」

明け透けもなく言われると、笑うしかなかった。つまり、お袖さんは勝手に人の人生を想像しているのだ。創造とも言える。

「人間は面白いからね。昔から、見ていて飽きないよ」

お袖さんは、松山の街を見守り続けている。かつては、人を化かして脅かしたとも伝えられるが、ずっと、こうやって人間を見守ってきたのだろう。

「そうだな、ふむふむ。君はあまり人づきあいが得意ではないだろう。派手な格好をしているが、注目されたいわけじゃあない。逆に人を寄せつけたくない性分なんじゃないか。だからって、いつも一人でいたいのかと言えば、そうでもない。こうやって、私たちと話すのは好ましいと思っている。非常に面倒くさいが、複雑で人間らしい女の子だったら、私は好ましいなと思うよ」

お袖さんは、燈火について想像しはじめる。けれども、的外れとも言い切れない部分が多く、燈火はポカンと口を半開きにしていた。

次いで、お袖さんは九十九にも視線を向ける。

「どれどれ。君はがんばりすぎる子だね。放っておけば、無茶をする。自分よりも他人を大事にしてしまう、そういう子なんじゃないかな。でも、今は少しずつ変わろうとしている。そんな君を見ている周囲も、自然と変わっていく。ある種の吸引力を持った子だ――もちろん、これも私の想像さ。君の人生に触れたのは、今日が初めてだからね。もっと深い人物像を作るには、よーく知る必要があるだろうさ」

お袖さんは、あくまでも想像と断言している。しかし……彼女の想像には、長年人間を見て培った観察眼が活きているような気がした。

「ああ、ほらほら。お待ちかねのラーメンが来たよ」

「あ、は、はい」

お袖さんにうながされて、九十九はカウンター越しに運ばれてきたラーメンを受けとる。手にずっしりと重みを感じた。遅れて、おでんも皿にのってきた。大根とこんにゃく、銀《ぎん》杏《なん》の三種だ。

「見た目は、普通だね……」

隣に座った燈火が、ぽつんとつぶやいたので、九十九は噴き出してしまう。

「だから、お菓子みたいなラーメンじゃないって言ったよ？」

「だって、甘いんだよね」

「まあ、食べてみてよ」

疑心暗鬼の燈火に、九十九は割り箸を差し出す。燈火はおそるおそる、箸を受けとって割った。

九十九も食べることにしよう。ちょうどいいタイミングで、お袖さんの前にも、ラーメンが運ばれる。

まずは、レンゲでスープを堪能したい。中華そばと看板にあるが、濃いめの白色系のスープに、中太麺が沈んでいる。九十九はアツアツの湯気を、ふーふーと吹き飛ばして、スープを口に含んだ。

最初に甘みが舌のうえに広がる。あとから追いかけるように、塩気も強く感じられた。しかし、甘みと塩気は喧嘩せず、奇跡的なバランスで調和している。なによりも、コクが深いのだ。甘いだけで終わらず、コクという深みに繋がっていた。

すべての味が絶妙なバランスで成り立っており、これぞラーメンの総合芸術。

「甘っ！」

九十九がじっくりとラーメンを堪能していると、燈火が声をあげた。本当にびっくりした様子だ。

「湯築さん、そんなに甘くないって言ってたのに……騙された。甘い」

「そんなに甘い？　言うほどでしょ？」

「いや、甘いよ！　すごい甘いよ、これ。特に、チャーシューが想像以上に甘い」

「でも、美味しいんでしょ？」

甘い甘いと主張しながらも、燈火は次々と麺をすすっている。箸が止まらなくなったようだ。

「美味しい。先輩がオススメしてくれたとき、一緒に行けばよかった……」

「ほら！」

燈火は不服そうに、だが、つるつるとラーメンを食べ進めている。甘いと言っているスープや厚切りのチャーシューも残さず完食する勢いだ。

「君たちは、最近仲よくなったんだね。とても初々しいよ。でも、いいコンビネーションだ。きっと、長くつきあえる友になるんだろう」

九十九と燈火のやりとりを、お袖さんが微笑ましそうに見ていた。器のラーメンは、すでにない。スープまできっちり完食済みだった。

食べるの早いなぁ……さすが、神様。

「それより……その、やつまた、えのき……？　この辺りに、そんな神社あるの？」

燈火が不思議そうに尋ねる。

「ははーん。君は、私の家を知らないんだなぁ？」

燈火の素朴な疑問に腹を立てることなく、お袖さんが笑う。

「燈火ちゃんも、見たことあるんじゃないかな。松山市役所の前にある鳥居」

「市役所？」

燈火は、うーんと考えていた。

「鳥居というか……なんか、赤い旗がいっぱい立ってたような……」

「そうそう、そこ。そこがお袖さんの祠がある、八股榎大明神だよ」

八股榎大明神の立地は、松山市のど真ん中とも言えるだろう。けれども、その存在を意識する人は、あまり多くないかもしれない。

お袖さんが住みついた榎の祠は、場所を何度も移しながら現在まで受け継がれてきた。今も人気があり、信仰自体は失われていないのだが……たしかに、わかりにくい。燈火と同じような反応をする人は、結構いると思う。

「あんなところにも、神様っているんだね」

燈火は思ったことを素直に口に出しすぎる節がある。

九十九は慌ててお袖さんの顔色を確認したが、怒っていないようだ。代わりに、「ふむふむ」と、またなにかを考察しはじめている。お袖さんにとっては、燈火という人間が魅力的なのかもしれない。

「燈火ちゃん。八股榎大明神、行ってみる？」

時間を確認すると、四限目がはじまるまでに余裕がある。ちょっと歩いてから、大学へ戻ってもいい。

「うん」

燈火は、「もちろん」とばかりにうなずいた。

「うーん……」

しかしながら、なぜか、八股榎大明神の主であるお袖さんだけは乗り気ではなかった。

さきほどまでの勢いがなく、腕組みをして唸ってしまった。

「あ、すみません。お邪魔でしたか？」

「そういうわけじゃあないんだよなぁ……」

お袖さんは煮え切らない態度で考え込んでいた。

「まあ……いいか。うん、いいよ。紹介してみたい同居人もいるんだ。来たまえ」

やがて、時間をかけてから、お袖さんが立ちあがった。


八股榎大明神は、松山市役所と道路をはさんだ向かい側に、ひっそりと佇《たたず》んでいた。

南堀端から市役所に向けて歩くと、遠くからでも見えてくる。

だが、その外観は、祠というよりも……小屋だ。そこに、小さな鳥居の頭がいくつも並んでいるのが辛うじて確認できる程度のものだった。堀端側から見ると、ここに神様が祀られているとは思えない。

けれども、近づくと印象がちょっとずつ変わる。

大きな榎が立派で、周囲には、八股榎大明神の存在を主張するかのように、赤い幟《のぼり》がいくつも立っていた。

敷地は左右の階段から、祠までおりられるようになっている。

左側の階段には、十七基もの鳥居が所狭しと連なっており、まるで異界へ通じる道に感じられた。ここだけ、敷地の狭さや、街の真ん中の喧騒とは切り離された空間であるように感じられた。

「こんなの、全然知らなかった」

連なる鳥居を見あげて、燈火が目を輝かせていた。

「写真撮っていいですか！」

燈火はスマホのカメラを起動しながら、お袖さんをふり返った。彼女は「映《ば》える」ものを見ると興奮する。九十九にとっては、お馴染みの反応になりつつあった。

「いいよ、好きにしたまえ」

「ありがとうございます！」

お袖さんに拒む理由もなく、あっさり了承する。

九十九も、実は改めて訪れるのは初めてであった。

市役所へ行く際、よく前をとおるのだが、こうやってじっくりと参拝する機会がなかったのだ。

シンボルである榎は、やはり大きい。もともと、お袖さんが暮らしていた榎ではなくっているが、強い神気を感じた。これがお袖さんの神としての神気の源だろう。彼女は化け狸でありながら、八股榎大明神に祀られる神なのだ。

「これ……って」

けれども、榎から妙な気配がする。

「ああ、やっぱり、君は気づいたかい？」

お袖さんは榎を示して笑った。

「ご紹介しよう。うちの同居人だ」

「同居人って……」

榎には、なにかが住みついている。

黒く蠢《うごめ》く瘴気《しょうき》——堕神《おちがみ》だ。

かつては神として人々から信仰されたが、名前を忘れられ、消滅を待つだけの存在である。もう神とも呼べない、けれども、神ではないとも言い切れない。

消えゆく前の影。

「堕神と暮らしてるんですか？　か、神様がですか？」

「おや、意外かい？　なかなか面白そうだから、住まわせてみたんだよ」

意外だった。

九十九は……堕神だって、神様だと思っている。名前を忘れられるまで、信仰され、人々を見守ってきた存在だ。敬意を払うべきだし、湯築屋でできるだけのおもてなしをしたこともある。

しかし、神様たちは、九十九の考えとは相反する思想を持っていた。

堕神はいずれ消えゆく存在。それは摂理であり、仕方がない事象。このように、榎に寄生して生き延びるなど、醜い足掻《あが》きである——そういう考え方なのだと、九十九は今まで聞かされてきた。

シロだって、そう考えている。

だから、堕神を「同居人」と呼ぶお袖さんは、神様らしくないと感じてしまった。

「どこのどなたかは存じあげないが、この榎を依り代《よしろ》にして住まおうと言うなら、私に拒む権利はない。私だって、勝手に榎へ住みついて祀られた神だ。引っ越しだって慣れている。歓迎しても、追い出す道理はないね」

お袖さんの口調は少しも淀まなかった。清らかに流れる水のごとく、すらすらと語っている。

「それに、私は神っぽい顔をしているが、狸なんだよ。隠神刑部の爺さんと同じさ。あれも、神として祀られる一柱だが、あくまで狸として振る舞っているだろう？　だから、同居人に偉そうな高説を垂れるってのも、性にあわないのさ。もちろん、私は縄張りを主張するなんて狭量な狸でもない。むしろ、この同居人がどんな神だったのか想像してみるのも楽しそうだろう?」

隠神刑部とお袖さんは、同じように神として祀られる化け狸だが……九十九には、一括《ひとくく》りには思えなかった。けれども、お袖さんの論調は非常に流暢で、聞いている九十九も納得してしまう。

「私は変かな?」

お袖さんの笑い方は、今までよりもひかえめだった。

九十九は神様が訪れる湯築屋の人間だ。神様らしくないお袖さんの思想を、拒絶すると心配したのだろう。

「いいえ。わたしは、素敵だと思います」

問いに、九十九はすんなりと返した。

人に危害を加える堕神もいる。瘴気によって怪異を起こせば、在り方が変わり、再び名がつくかもしれない。そうやって復活しようとするのだ。五色浜《ごしきはま》で蝶姫《ちょうひめ》を害した堕神がそうであった。

しかし、多くの堕神は、じっと消滅を待つだけだ。ならば、見守るのも一つの選択だと、九十九は思う。お袖さんが同じような考え方で、嬉しくもあった。

九十九は、榎を見あげる。

微妙な瘴気は感じられるが、人間に害を与えるほどでもない。現に、楽しそうに写真撮影に興じる燈火は気がついていないようだ。その程度の微弱な瘴気しか放っていない。

「ん……」

不意に、九十九は視界に違和感を覚える。どうやら、目にゴミが入ったようだ。忘れがちだが、ここは松山市のど真ん中である。市役所の前であり、すぐそこで車が絶え間なく走っていた。埃も、それなりに立つ。

九十九は上衣のポケットから、ハンカチを取り出す。

コンパクトミラーを使いながら、目のゴミを取り除いた。涙が出て、少し化粧が崩れてしまったが、このくらいなら大学でなおせるだろう。

「ねえ、湯築さん湯築さん」

スマホで写真を撮っていた燈火が手招きした。九十九はいったん、お袖さんから視線を外す。

「湯築さんの写真が撮りたい」

「え？　わ、わたし？」

燈火の希望を聞いて、九十九はつい聞き返してしまう。燈火はあくまでも真剣な顔で、うなずく。

「その階段に立って、鳥居見あげる感じで……」

「え、ええ……そんなモデルさんみたいなの無理だよ……？　一緒に撮ったら駄目なの？」

「そういうのじゃなくて、こういうお洒落な写真にしたい。大丈夫。湯築さん可愛いし、顔は写さないから。加工すれば、それっぽくなるから安心して」

言いながら、燈火はスマホの画面をこちらへ向ける。SNSだ。そこには、観光地を見あげて立つ女の子の写真が並んでいる。なるほど、雰囲気は把握した。

燈火がSNSを好きなのは知っているけれど、まさか被写体になろうとは。

「わたしが燈火ちゃんを撮ってあげるよ」

「ううん。湯築さん、あんまり写真上手じゃないから……こういうの、構図が決まってるんだよ……できる？」

「う。そういうの苦手で、ごめん……」

いろいろとこだわりがありそうだ。九十九は苦笑いしながら、燈火の言うとおりの位置に立った。燈火は真剣な顔で、階段の上や下など、動き回ってスマホを九十九に向ける。構えているのはスマホなのに、まるでカメラマンだ。

「燈火ちゃん、カメラやってみればいいのに」

「今、バイト代貯めてるの」

「あ、買うつもりだったんだね」

「うん、欲しいカメラあるんだ」

あと、三脚とレンズに……と、燈火は機材について指折り数えはじめる。だが、「うん……バイトがんばらないと」と、やがて黙り込んでしまう。

九十九にはわからないが、そんなにお金がかかるのだろうか。しかしながら、目標があるのはいい。と、前向きに考えよう。

「湯築さんにいろいろな場所紹介してもらって……もっと、いろんな人に、すごさ伝えたくなったから。写真なら、みんな見てくれるよね？」

燈火はちょっともじもじと、恥ずかしそうに笑った。

それを聞いて、九十九もなんだか嬉しくなる。

「そういうことなら、どーんと撮ってくださいな！」

九十九は得意になり、胸を張った。

「ううん、もうちょっと清楚なポーズがいい」

「あ、はい」

調子にのってはいけませんね。すみません。

そのあと、九十九と燈火は写真を撮って遊んだ。せっかくなので、お袖さんも被写体になってくれたが、さすがである。こちらは、本物のモデルさん並みの写真に仕上がり、燈火も満足だった。

後日、燈火から聞いた話だが、九十九とお袖さんの写真はめちゃくちゃバズったらしい。

3

九十九は、はたと気がついた。

大学から帰り、洋服を着物に着替えるときだ。

「ない……」

ジャケットのポケットに入れていたはずの肌守りがない。天之御中主神から授けられたものなのに。

どうしよう。急に不安が押し寄せる。

九十九は、あの肌守りの使い方も効力もわからない。そんな代物を、外に落としてきてしまった。

思い当たるのは、八股榎大明神だ。あのとき、目にゴミが入って、ハンカチを取り出した。それか、大学で手を洗った際に……。

もしも、八股榎大明神で落としたなら、お袖さんが預かっていてくれるだろう……大学に落としていたら、誰かが拾ってしまうかもしれない。

探しに帰ったほうがいい。

「なにを探しておる？」

迷っていると、シロの声が聞こえた。またどこからかわいてきて、九十九のそばに立っている。

「シロ様……わたし、天之御中主神様からいただいたお守りを、落としてしまったみたいなんです」

九十九の切羽詰まった表情に、シロも神妙な面持ちとなる。だが、やがて首を横にふった。

「そんなもの、捨てておけ」

「え……でも、どんな効果があるか、よくわからないので放置するのは……」

「どうせ、ロクでもない代物だ。儂《わし》は、あれが九十九の手から離れて清々する」

シロは心底嫌そうな態度だった。

彼が天之御中主神を嫌っているのは、今にはじまったことではない。肌守りの効果や意味などより、「九十九が天之御中主神から授けられた肌守りを持っている」という事実が気に入らないのだ。

「子供ですか」

率直に罵《ののし》ると、シロは不機嫌そうに口を曲げる。けれども、主張は変えないらしい。

「あれには九十九の髪が入っているだけだ。本人が持っていないのに、なんらかの力を発することはなかろうよ」

「それ、本当ですか？　どうして天之御中主神様はそんなものを、わたしに持たせたんですか？」

「知らぬ。儂は知りたくもないし、九十九に知ってほしくもない。彼奴《あやつ》が九十九に触れたと思うだけで不快だ」

まるで、九十九を独り占めしたいだけの言い分ではないか。

シロは天之御中主神の話となると、本当になにも聞いてくれなくなる。そもそも、九十九や湯築の巫女にずっと真実の話をしなかったのだって、シロが天之御中主神を嫌っているというのが大きな理由であった。

心の底から、シロは天之御中主神を嫌悪している。そして、天之御中主神と同一の存在となっている、自身のことも。

この二柱《ふたり》、話しあえないのかなぁ……。

シロはシロで頑なだし、天之御中主神も自分の都合だけで動く。もっとお互いに話して、認めあう場があってもいいのではないか。それができないから、何年も、何十年も、何百年も、いや、もっと長い時間をこうやって過ごしているのだろう。

月子以来、九十九は二柱の真実を知る初めての巫女だ。

だったら、彼らのために、なにかするのは九十九の役目ではないか。

「とにかく、探しに行かないと……大学に落ちてたら、誰かに持っていかれるかもしれません」

湯築屋の仕事はあるが、仕方がない。とりあえず、大学だけでも探すべきだろう。一般の学生や、教員の手に渡れば面倒になる。

「嫌だ。せっかく、九十九が帰ってきてイチャイチャできると思ったのに、また出ていくなどと」

「もう、子供みたいなこと言わないでくださいってば！　お仕事するんですから、どうせ、イチャイチャなんてしませんよ！」

「してくれぬのか!?」

「しませんッ！」

九十九は気にせず、部屋の襖《ふすま》に手をかける。

だが、阻止するように、シロがうしろから抱きしめた。

「………………！」

強い力で抱かれて、九十九は動きを止めてしまう。

こんなの不意打ちだ。

こういう止められ方をすると、九十九には抗《あらが》えなくなる。それがわかっていて、シロはこうしているのだ。

「わかった。儂が探してくるから、お前は湯築屋《ここ》におれ」

不服そうだが、シロは九十九に耳打ちした。内容はさっきまでと同じ駄々なのに、耳元で囁かれると、背筋にゾクゾクと熱い感覚が走る。身体が震えて、九十九はうなずくしかなくなってしまった。

シロが長い指の先に、ふっと息を吹きかける。すると、白い煙のようなものが生まれて、それが猫や犬、鳥となった。

「大学へ行かせる」

シロと感覚を共有する使い魔たちだ。いつもは、これで九十九を結界の外で見守っている。彼らはシロの手足となって動くのだ。

「これでいいな?」

「は、はい……ありがとうございます……」

同意を求めているが、口調は有無を言わせぬものであった。九十九を従わせたいが、無理強いはしたくない。そういうシロの気持ちが見え隠れしていた。

シロ様、本当に天之御中主神様をお嫌いなんだなぁ……。

和解してもらいたいけれど、九十九にできるのだろうか。そもそも、どちらにも話しあう気がない。

とはいえ、シロの申し出はありがたかった。使い魔が大学を探してくれるなら、とりあえず安心だ。

八股榎大明神で落としたのなら、きっとお袖さんが気づく。こちらは、明日行けばいいだろう。

「正直、儂にもよくわからぬ。九十九の力は未発達だからな」

「そういえば……そのお話、聞く約束でしたよね」

すっかり聞きそびれていた。隠神刑部の一件があって、燈火に朝から起こされ、九十九にはシロとゆっくり話す機会がなかったのだ。

「わたしの神気、守りの特性があるんじゃないんですか？」

「それは生まれたときより持ちあわせた特性だ。儂の巫女としての。今、顕《あらわ》れかけておる力は……言いたくない。察しろ」

「ほ、本当にお嫌いなんですね……その辺りは、ふわっと天照《あまてらす》様もおっしゃっていました」

つまり、九十九が天之御中主神の力に触れたことで、新しい特性が芽生えているのだ。いや、目覚めていると言ったほうがいいか。これについては、天照から聞いたとおりだ。

シロも否定はしなかった。

「だったら、全部天照が説明すればいいものを」

「シロ様に聞いたほうがいいって、言われていましたよ。わたし、天照様から聞いたほうがよかったですか？」

「儂はどちらでも構わぬ。しかし……そうさな。天照が気をつかったのも、理解はできる。九十九を庇護するのは、儂だからな」

そういうものなのか。その辺りの領分については、九十九には理解できない。縄張り意識と言ったら動物っぽいが、神様にもテリトリーがあるのだろう。

「九十九に顕れたのは、引の力だ」

「引？　引く？」

ピンとこなくて、九十九は首を傾げた。

「引の力は、わずかだが生まれたときより作用していた。九十九は、妙に神から好かれるであろう？」

九十九の神気は甘いと評され、様々な神々が興味を持ってくれた。おそらく、好かれているという表現は間違っていない。

「それは、九十九に神々の興味を引き寄せる力があるからだ。今までは神気の甘さのせいだと思っておったが……引の力が強くなってから、これが神気の性質によるのではないかと確信した」

シロの顔がまた不機嫌そうに歪《ゆが》んでいく。

「九十九は儂の妻なのだから、他の神に好かれる必要などないのだ。おまけに、その原因が、よりによって……九十九は、儂の妻なのに！」

シロの主張に、九十九は苦笑いした。

一応、神様の訪れる湯築屋において、お客様から好かれるのは悪い効果ではない。むしろ、それで救われた場面は多いので、九十九としては役立っているのだが……シロは面白くないのだろう。

「なるほど、わかりました……神様の気を引く力ですか。大したことはないんですね。いえ、とてもすごいとは思うんですけど」

「今は、な」

「今は？」

「いや……今は……そうだ。今の段階で、だ。まだ、この力がどのように変質するかわからぬ。九十九次第だろう」

九十九次第。そう言われると、急に空気がピリッと張りつめるようだ。

「力がどう変わっていくかは、九十九の在りようによる。儂が言えるのは、ここまでだ。否――嗚呼《ああ》、ここまでにしよう」

どうも、シロの歯切れが悪い。天之御中主神の話だからだろうか。

そういえば、月子が夢の中でなにかを伝えようとしていた……結局、聞けずにスマホの呼び出し音に起こされてしまった。

あれは、九十九への忠告だ。

「シロ様。でも……」

結晶の色が変わったのは、神様の気を引く能力が原因とは思えなかった。あれは明確な変化の兆しだと思う。

この力、まだなにかある。

もうすでに、なんらかの変化が起こっているのではないか——？

「九十九ちゃん！」

小夜子《さよこ》の声がした。九十九を呼んでいるようなので、とっさに大きな声で返事をする。

「はーい！」

襖越しに、小夜子が部屋に近づくのがわかった。

「ああ、いた。よかったー。入っていい？」

なにやら、慌てた様子だ。九十九を探して母屋まで走ってきたのだろう。声音から、小夜子がほっとしているのがわかった。

ほどなくして、小夜子が襖を開ける。

「あ……ごめんね。お邪魔しました」

が、すぐに閉めてしまった。

「え、さ、小夜子ちゃん……あ！」

そこで初めて、九十九はシロから抱きつかれたままだと気がつく。

このあと、九十九を離すまいとするシロの顎《あご》に、アッパーが炸裂するのだった。


あとから考えれば、このとき。

もっと、シロ様と話しておけばよかった――。


小夜子に呼ばれて、九十九は湯築屋の廊下を進む。

本日、宿泊しているお客様は大国主命《おおくにぬしのみこと》と少彦名命《すくなびこなのみこと》。

国作りの神話で有名な二柱だ。温泉の神様でもあり、道後にある湯神社《ゆ》の祭神でもある。

この時期になると、秋祭りについての準備や打ち合わせのため、湯築屋へ宿泊するのだ。

毎年恒例だった。

「大国主命様たち、なにかあったの？」

九十九に対処できる案件ならいいのだが。

「私は直接聞いてないんだけど……というか、聞こえないんだけど、カレーが気に入らないらしくて？」

「カレー？」

大国主命の好物だ。彼が湯築屋へ宿泊する際は、いつも注文する。福神漬けをたっぷりと盛るのが、大国主命のお気に入りの食べ方だった。

今回も、もちろんカレーを用意している。たっぷりの福神漬けも。

「大国主命様、ついにカレー飽きちゃったの？」

「ううん。そちらじゃなくて……少彦名命様のほうが」

ああ、なるほど。

カレーの注文は大国主命の要望だ。少彦名命はあまり注文が多くないお客様なので、基本的に大国主命にあわせてメニューを用意していた。

「じゃあ、少彦名命様用に違うお料理を――」

二柱に別々の料理をお出しすればいい。九十九はそう提案しようとしたが、そこへ被《かぶ》さるように、声が聞こえてきた。

「カレーに飽きたなら、福神漬けの量を変えればいいのです」

至極真面目に。まるで、格言かなにかのような、威厳のある言い回しだった。しかしながら、内容は割とくだらない……いやいや、なかなかのパワーワードだ。ある意味。そんな、パンがないならお菓子を食べればいいみたいなノリで言わなくとも。

大国主命の声だった。

「お客様、失礼します」

そこは、大国主命と少彦名命が「祭りの作戦会議」として貸し切っている和室の一つだ。

普段は小さな宴席に使う小広間である。客室ではなく、彼らはここを「会議室」と称して使用していた。

部屋の中央には、大国主命が正座している。ピシッと整ったスーツ姿はあいかわらずで、オールバックの髪にも乱れがない。四角い眼鏡をかけた顔は、一切の緩みがなく、絵に描いたような「大真面目」である。

室内に、他のお客様の姿は見当たらない――いや、見当たらないだけで、もう一柱いらっしゃると、九十九は知っていた。

正座する大国主命の真正面。畳のうえを、なにかがぴょこぴょこと跳ねている。注意していないと、見落としそうだ。虫のように小さな……と言っては、失礼だ。こちらは少彦名命。大国主命とともに、国作りを行った神様である。

一寸法師のモデルとも言われており、身体がとにかく小さい。詳しい容姿もわかりにくいし、声も大国主命にしか聞き取れなかった。

「あの……カレーにご注文があるとうかがいましたので、お話を聞かせてもらえないでしょうか？」

九十九は少彦名命を踏んでしまわないように気をつけながら、大国主命の前に正座した。

大国主命は肩をすくめ、ため息をつく。

「いえ、当方の相方がご迷惑をおかけしております。今、それについて議論していたのですよ」

大国主命は、はきはきとした口調で答えてくれる。

「よろしければ、少彦名命様のご注文をお聞かせくださいますか？」

九十九には、少彦名命の声は聞こえないため、大国主命に質問するしかない。大国主命は、「あまり、わがままを聞いてやる必要もありませんが」と呆れている。どうやら、彼は少彦名命の主張を、快く思っていないらしい。

「飽きた、と言っているのです」

「カレーに、ですか？」

九十九が確認すると、大国主命は首を横にふる。

「いいえ、カレーの味に、です」

「味ですか……？」

「はい。嗚呼、勘違いはしないでいただきたい。当方も、相方も、湯築屋のカレーが好きです。聞けば、幸一《こういち》殿は洋食店での修業経験がある。その腕を否定しているわけではないのです」

「わかっています。お気遣い、ありがとうございます」

九十九は心得ているとばかりにうなずいた。

「しかしながら、いつも同じカレーでは飽きると、相方は言っており……当方としては、福神漬けの量を増やし、飽きを回避してはどうかと提案しているのですが……」

「あ、はは……」

福神漬けをたくさん入れるのは、大国主命だけだ。

「いいですよ。少彦名命様のために、別の料理をご用意しましょう。そうすれば……え？」

九十九が提案している最中に、少彦名命が激しく跳びはねた。なにを言っているのか、まったくわからない。けれども、なんとなく「喜んでいない」のだけは伝わった。

「わがままを言って、若女将《わかおかみ》を困らせてはなりません」

大国主命は少彦名命をなだめる声かけをしている。

「いえ……カレーには飽きたが、カレーが食べたいと、相方は言っているのです」

「飽きたのに、ですか？」

「左様《さよう》」

大国主命はうなずき、やがて改まって説明をはじめる。

「相方は、いろいろなカレーを食べたいと主張しております。味の違ったカレーを食べ比べたい、と」

「カレーの食べ比べ……」

なるほど、カレーの味に飽きたが、カレーが食べたい。その不満を解消する、端的な要求である。

「いつも、店のようなカレーばかりだと言っており……此処《ここ》は、お店なのだから、当たり前だと当方は主張しているのですが」

洋食店で働いていた幸一のカレーは、たしかに「お店の味」だろう。しかも、そんじょそこらのカレーには負けないと九十九は思っている。

「いろんなカレー……お店ではない、いろんな……」

九十九は、つい反復してしまう。

「湯築屋には、いつもお世話になっているのです。この期に及んで、相方のわがままにつきあっていただく必要はないかと。相方は、当方がなんとかしますので、いつもどおりのお料理を用意していただけましたら……嗚呼、福神漬けはたっぷりとください」

大国主命がていねいに頭をさげた。律儀だ。神様にもいろいろいらっしゃるが、頭をさげられると、こちらまで慌ててしまう。

「大丈夫ですよ、大国主命様」

九十九は頭をあげるよう、声をかける。

そして、笑顔を作った。

できるだけ不安など感じさせない、満面の笑みだ。

「なんとかいたします！」

九十九は背筋を伸ばし、明朗に言い放つ。

畳を跳び回る少彦名命が、嬉しそうだった。

というわけで、カレーだ。

お客様の要望を叶える、カレーだ！

「なるほど」

九十九の意見を聞いて、幸一がうなずいた。厨房で仕事をする将崇も、顎に手を当てて考え込んだ。小夜子も戸惑いながら来てくれた。

「みんなで一つずつカレーを作ったら、いろんな味にならないかな……？」

幸一、将崇、九十九、小夜子がそれぞれカレーを作るのだ。

こうすれば、お店のような味と、家庭のような味、両方を楽しめる。九十九の考えは、こうだった。

「面白い試みだと思うよ」

幸一は、やはり優しく同意してくれた。最初は、お客様から「飽きた」と言われて傷つけてしまうのではないかと心配だったが、そこは問題なさそうで安心する。

「つーちゃんがやりたいように、やってみよう」

「お父さん、ありがとうございます」

将崇や小夜子にも、異論はないようだった。

「九十九ちゃん。私、カレー粉使わないと作れないんだけど、お客様にお出しして大丈夫だよね？」

「大丈夫だよ。わたしも、カレー粉使うし。少彦名命様は家みたいなカレーも食べたいって言ってるから」

九十九や小夜子に本格派カレーなんて作れない。せいぜい、具材や味つけの好みなどで差別化する程度だ。

「でも、同じカレー粉だと、似たような味になっちゃうよね。私、スープカレーにしようかな……？」

「小夜子ちゃん、それいいね！　わたしも、なにか工夫する！」

などと考えていると、途端に楽しくなってくる。

九十九の料理をお客様にお出しする機会なんて、そうそうない。

厨房を上手に使いながら、みんなで代わる代わるに調理するのも、あまり見られる風景ではなかった。家庭科の時間みたいでわくわくする。

みんなで食べるごはんも美味しいが、みんなで作るごはんだって美味しい。

そういう気持ちになれた。

4

「さて。みなさま、ごきげんよう。期せずしてはじまった、カレーの食べ比べ合戦。題して、カレー・オブ・ザ・ワン。勝利の女神は誰に微笑むのか、見所満載の一本勝負、これより開始です。実況、解説、司会は、わたくし天照大神《おおみかみ》がつとめます。よろしくおねがいします」

大国主命と少彦名命が待つ小広間に足を踏み入れた瞬間、このような解説がされた。

二柱しかいないと思っていた小広間には、なぜか長テーブルが用意されている。ごていねいに、テーブルクロスまで。

そこに座するのは、右から天照、シロ、大国主命、そして少彦名命であった。正確には、少彦名命が座っている姿は見えないのだが、テーブルの上に小さな座布団がのっているので、あそこにいらっしゃるのだろう。

「へ？　かれー・おぶ・ざ・わん？」

聞いていていなかった。九十九は勝手にはじまった天照の解説に、目を点にした。

「面白そうでしたので」

天照はうっとりと述べた。

つまり、彼女の独断で「カレーの食べ比べ」を、「カレー対決」にしてしまったのだ。理由は、自己申告のとおり、面白そうだから。

びっくりしたが、天照らしい発想だ。

「九十九のカレーが食べられると聞いて。儂が食べぬ道理がない！」

シロはあいかわらずの態度で、尻尾を左右にふっていた。

「このような事態になり、当方はなんと言えばいいのやら……しかし、相方は非常に喜んでおります」

大国主命が申し訳なさそうにしているが、もとは少彦名命の要望を叶えるための食べ比べだ。少彦名命が喜んでいるのなら、九十九はカレー対決になっても異論はなかった。

「面白そうなので、カレーの制作者の名前を伏せて実食いたしましょう」

天照が、ふふふと笑いながら提案する。神様たちからも異論はなかったので、ルールはそのように設定された。行き当たりばったりである。

天照のノリに慣れている幸一は、「わかりましたよ、お客様」と承諾した。小夜子も苦笑いしながらうなずく。将崇は、「こんなことなら、もっと工夫すればよかった……」と少々後悔しているようだ。

「では、最初のカレーをお持ちくださいな」

すっかりと、天照が場を仕切っていた。

制作者の名前を伏せるというルールなので、厨房で盛ったカレーを全員が一皿ずつ運ぶことにした。

最初に用意したのはスープカレーだ。

にんじん、ブロッコリー、ピーマンなど、ゴロっと大きな野菜や、鶏肉が食欲をそそる。贅沢な四分の一カットの焼きカマンベールチーズも添えられており、見た目だけならお洒落な喫茶店のメニューにありそうだった。

運ぶ際、小夜子が恥ずかしそうにうつむいていて……正直、制作者を隠す意味があるのだろうかとも思えてしまう。

「うむ。非常に美味だ。これが九十九のカレーに違いあるまい！」

一口食べたシロが、自信満々に言い放つ。

うん。制作者隠した意味ありましたね。それ、わたしのカレーじゃないですよ。シロ様！

天照や大国主命も、美味しそうにカレーを食べはじめる。大国主命は、あいかわらず……スープカレーにも、大量の福神漬けを入れていた。もはや、カレーではなく、福神漬けを食べているのではないかと錯覚する。

もちろん、少彦名命の前にも皿が置かれた。サイズは、大国主命たちと同じである。

皿の近くでぴょんぴょんと、小さなものが跳ねた――と、思った次の刹那《せつな》、綺麗さっぱりとカレーは消えてなくなった。残ったのは、カレーの入っていた痕跡のある皿だけである。

少彦名命の食事風景をまじまじと見る機会はあまりないので、不思議な気分になってしまう。というより、あの小さな身体のどこに、カレーが入ったというのだ。

神様は太らないし、満腹にもならないので、そういうものだと言われれば納得するしかないのだが。

「さて」

大国主命が少彦名命に視線をやる。どうやら、少彦名命の声を聞いているようだ。

「相方の代弁をいたします」

少彦名命の声はみんなに聞こえないので、いつもと同じく大国主命が代わりに述べる。

「具が最高にいいですね。甘く煮たにんじんがやわらかく、スプーンでも切断できます。ピーマンは素揚げにしており、鮮やかな色と食感が非常にいい。鶏肉もほろほろと崩れる。大きなカマンベールチーズも贅沢な逸品です。カレーの味が家庭的である分、具材の調理方法で差別化されていますね……と、相方は言っております。なんという上から目線。お許しください」

少彦名命の言葉を代弁したあとに、大国主命はキチッと頭をさげる。そこを気にするのが彼らしいのだが、とにかく、九十九はお客様に頭をさげないでほしいと思ってしまうのだった。

「では、次をお持ちください」

天照に仕切られ、九十九たちは次のカレーを運ぶ。

「焼きカレーですわね」

天照がうっとりとしている。

耐熱のグラタン皿で現れたのは、焼きカレーだ。

たっぷりトッピングされたチーズに、こんがりと焼き目がついている。半熟の卵は潰すと、今にも、とろとろの黄味が溶け出しそうだった。添えられたローズマリーや、パセリの香りがよく、彩りもお洒落だ。

九十九たちは、誰の作か知っているけれど……さて、お客様たちに喜んでもらえるだろうか。

「これも美味だ……きっと、九十九のカレーに違いあるまい！　儂が妻のカレーを間違えるわけがないからな！」

と、シロはまた声高らかに言っているが……ぶっぶー、ハズレです。それは、将崇君のカレーですよ、シロ様。

「シロ様、全部九十九ちゃんのカレーって言う流れだね」

小夜子がクスクスと笑うので、九十九は疲れた息をついた。たぶん、その予想は当たるだろうと、九十九も思う。

しかし、シロはのぞき見が可能である。湯築屋で起こるすべてを、シロは把握できるのだ。カンニングせず、ルールを楽しむ姿勢は評価してもいい。自信満々に間違えているけれど。

「当方の相方は、こう申しております。この焼きカレーは、複雑なように見えてシンプルに美味しい。ルウにたっぷりの野菜が溶け込んでいるため、甘みとコクが強いですね。それらが焼きチーズや卵と出会うことで、味に深みが増しています。わかりにくいですが、細かく刻んだえのき茸に旨味が閉じ込められており、よい隠し味となっています」

少彦名命は、こんなに考えながら食べていたのか。九十九は感心してしまった。食べるのは一瞬なのに。

なお、通訳担当である大国主命は、やはりここにも福神漬けを山のように盛っていた。もはや、カレーが埋まっている。

「カレーは、あと二つですか……さすがに、ちょっと尺が惜しくなってまいりましたわね」

司会の天照もカレーを堪能していたが、ふと悩ましげに時計をながめる。

「もうすぐ、推しが出演する生放送がはじまってしまいます。リアタイしたいので、残りのカレーは同時にいただきましょう」

などと言いはじめるので、九十九は苦笑いする。勝手にはじまったカレー対決は、司会の都合により、「巻き」の指示が入った。どこまでもフリーダムである。

「わかりました、ご準備いたしますね」

残りの二種は、幸一と九十九のカレーであった。

念のために、幸一はいつものカレーではなく、作り方を変えている。とは言っても、やはり九十九と幸一では、出来に差があるだろう。

それでも、お客様からいただいたもともとの要望は、「いろんなカレーが食べたい」である。対決は、あとからついてきたものだ。

九十九が幸一に勝つ必要はない。

「でも、やっぱり、お父さんのカレーと一緒に出すのは緊張するなぁ……」

カレーの盛りつけをしながら、九十九はつい漏らしてしまう。

「僕だって、お客様に食べてもらうのは緊張するよ」

嘆息する九十九に、幸一が笑いかける。

「お父さんは、いつもお客様にお出ししてるでしょ……？」

「うん、いつも緊張してるんだ」

幸一から、こんなことを言われるのは初めてで、九十九は目を瞬かせる。

「つーちゃんに食べてもらうのも緊張するよ。誰かに食べてもらうのは、緊張するんだよ。気に入ってもらえるか、わからないからね。どうすればよくなるのか、僕もずっと考えてるんだよ」

幸一の料理は、本当に美味しい。

お皿のうえがきらきらと輝くのだ。宝石の国にお邪魔した気分になる。食べると、言わずもがな。旅館なので素材の味を生かした和食が多いが、洋食の腕だって一流である。伝統的な郷土料理から、工夫を凝らした創作料理まで、なんでも作れた。

料理をしている幸一は、優しくて楽しそうで……彼の料理も、やっぱり、優しい味がして、こちらまで胸が弾むのだ。

だから、幸一が緊張すると言うのは、九十九には意外だった。

「誰かのために作るんだから、好かれたいって思ったら緊張するよ」

九十九は自分のカレーを見おろした。

お客様のために作ったカレーだ。

少彦名命の要望に応えるため、九十九は一生懸命、「いろんなカレー」が食べられるようにした。当然、少彦名命に気に入ってほしい。だから、緊張する。

誰と一緒に出すのかは、関係ない。

美味しいと思ってもらえるかどうか。

「お父さん、ありがとう……緊張はやっぱりするけど、これでいいんだよね」

「うん、いいんじゃないかな」

さあ、カレーをお客様たちへお持ちしよう。

その前に、ふと。

「お父さん」

「なに？」

「お母さんがごはん食べるときに、お父さんの顔が赤いのって……やっぱり緊張してるからなの？」

「────ッ！」

気軽に尋ねてみたつもりなのだが、九十九の質問を聞いて、幸一は口をぱくぱく開閉しながら視線を泳がせた。

これは昔から、なんとなく気になっていた。登季子と食事する際、幸一は恥ずかしそうにしていることが多い。

それはきっと……幸一にとって一番緊張する相手が、登季子だからなのかもしれない。

今の反応を見て、九十九の疑問は確信に変わった。


さてさて。

小広間に並んだお客様たちに、カレーをお出しする。

九十九の右手には、いわゆるオムカレーがのっていた。半熟のふわとろ卵をオムライスのように盛っている。卵とライスを囲うように、カレーを注いでいる。まるで、カレーの海に浮かんだ島だ。頂上のパセリが島に生えた木にも見える。

左手には、色の薄い欧風カレーだ。具の少ないカレーを飾るのは、レンコンのバター焼きのほか、カボチャ、椎茸、にんじんなど、秋野菜のグリルである。秋の野菜は色味が地味なのに、飾り切りのおかげでお皿のうえが楽しげであった。添えられた紅葉も、秋らしさをプラスしている。

どちらが幸一のカレーなのか、一目瞭然だろう。

それでも、緊張しながら九十九は皿をテーブルに置いた。目の前にいるお客様に、気に入ってもらうために。

少彦名命の姿は、小さくてわかりにくい。だが、ぴょんぴょん跳ねる姿は、喜んでいるのだと信じたかった。すかさず、隣で大量の福神漬けを投入する大国主命からは目をそらしながら、九十九はテーブルを離れる。

ぺろり、ぺろり。と、擬音をつけている間に少彦名命はカレーを完食した。これでも、味わっていただいているので、妙な気分になる。

少彦名命はぴょこぴょこっと、大国主命の肩に飛びのった。ここが普段の定位置だ。

大国主命は「ふむ」と、うなずく。口からは、福神漬けをボリボリ咀嚼《そしゃく》する音が聞こえるのだが。

「わかりました」

福神漬け、ではなく、カレーを呑み込んで大国主命が咳払いする。少彦名命の言葉を聞き終えたのだろう。

「相方は、このように言っております」

大国主命は背筋を正し、改めて発声する。

九十九が掌をにぎると、汗を感じた。

ああ、緊張する。なに言われるんだろう……。

「まず、こちらの欧風カレーですが、見事です。味わい深く、まろやかなコクが楽しめます。秋野菜のソテーやグリルもにぎやかで、目でも楽しめました。味は均一なのに、食べるたびに、別のスパイスに巡り会ったかのような発見がある。複雑な味を一つにまとめあげた妙がありました」

幸一のカレーだった。やっぱり、すごい。あとで、九十九も食べたくなるような食レポである。

「そして、オムカレーですが」

「むむ！」

大国主命が評価を述べようとした瞬間、隣でシロが騒ぎはじめた。

「これは！」

カレーを食べはじめたシロが、いきなり目をカッと見開いたのだ。今までとは、反応が違う。オムカレーと欧風カレーを交互に食べながら、嬉しそうに尻尾をふった。大国主命の発言を邪魔している自覚は、微塵《みじん》もなさそうだ。

「松山あげが入っておる！　これが九十九のカレーに違いない！」

シロが示したのは、九十九のオムカレーだった。

カレーに、少しだけ松山あげを入れたのだ。家のカレーには入っているので、ついルーティンで。ないと落ち着かなかったから。しかし、ほんの少しだった。しかも、味の濃いカレーである。松山あげの有無がわかるとは、さすがは好物……。

「そうであろう？　そうであろう！　九十九のカレーであろう！」

シロは前のめりになりながら、テーブルをダンダンッ叩いている。

九十九は呆れてクスリと笑う。

けれども、松山あげが決め手なんて、シロらしい。

ずっと、どのカレーを食べても、「これが九十九のカレーに違いない！」と騒いでいたのに。

シロは嬉しそうに、九十九のカレーを完食してくれる。その様子を見守っていると、緊張がほぐれてきた。

シロ様が美味しいって言うなら、いっか……。

少彦名命のために作ったカレーなのに、そう思える。

「改めまして。オムカレーの評価を……相方が早く述べろと騒いでおりますので」

大国主命が気を取りなおして咳払いした。

「は、はいっ！」

思わず返事をしてしまったあとに、九十九は制作者の名前を伏せていたルールを思い出した。しかし、もうバレバレのような気がするので、別にいいか。

司会をしていた天照が、「時間切れですわ！」と、姿を消してしまった。なんという、ぐだぐだ。

「ふわふわとろとろの、卵の焼き加減が絶妙ですね。市販のルウを使うと塩辛さが目立ちますが、卵のまろやかさで中和されていました。中のライスもターメリックになっており、我々を喜ばせようとした工夫がよくわかります。若女……いえ、制作者は、きっと相方のことを一番に考えてくれていたのでしょう。ありがとうございます」

最後は、大国主命の個人的な謝辞のようだ。

九十九の努力は伝わったみたいである。九十九なりに、「いつもと違う、飽きないカレー」を目指してみた。

それだけで、充分のような気がする。

「さて、司会をおつとめだった天照様がご退席しましたので……此処は、当方がまとめ役となるべきでしょうか」

律儀な大国主命は、カレー対決の続きをしようとする。締まりのない終わり方を、あまり好まないのだろう。

「当方は、すべてのカレーを食しましたが、どれも甲乙つけがたい品だと思いました」

つい、大国主命がカレーに福神漬けを盛る姿を思い出してしまった。あれで本当にカレーの味に区別がついていたのだろうか……いやいや、お客様が美味しいって言ってるんだから、いいよね！

「相方の言葉をお伝えしたいのですが……」

大国主命は勿体《もったい》ぶりながら、視線を宙へやった。

「相方は、当方と同じく大変満足しております。要望どおり、様々なカレーを食べられてよかったと、述べている。そのうえで、勝敗をつけるなら……」

言葉が詰まった。大国主命は、言うべきか否か迷っているようだ。少なくとも、九十九にはそう感じられた。

しかし、大国主命は四角い眼鏡をクイッと中指で押しあげる。

「やはり、いつものカレーが一番美味しい、ということでした……」

告げた瞬間に、大国主命が深々と頭をさげた。九十九をはじめとした従業員は、みんな驚いて、おろおろとしてしまう。

「お、大国主命様、頭をあげてくださいッ」

「いいえ！　ここまでしていただいたのに、こんな結果では申し訳がありません。あと、当方、福神漬けを空《から》にしてしまいました。おかわりをおねがいします！」

「おかわりは持ってきますから、そんなに頭をさげないでください」

九十九は、大国主命をなんとかなだめようとする。真面目なお客様だと思っていたが……今回は自責の念が強かったらしい。とにかく平謝りされて、こちらまで申し訳なくなってくる。

落ち着いてもらおうと、九十九は大国主命に触れた。すると、九十九の腕に小さな粒――少彦名命が飛びのる。

少彦名命は、ちょんちょんと跳ねて、九十九の肩までやってきた。

『嬢さん、嬢さん』

「⁉」

九十九の耳に、虫の羽音ほどの声が届く。

これ……少彦名命様？

少彦名命の声を初めて聞いた。いつも、大国主命が通訳してくれていたので新鮮だ。と言っても、本当に小さな小さな声なので、声質まではよくわからない。聞き取るだけで精一杯だった。

おそらく、大国主命が謝りすぎて通訳できる状態ではなくなったからだろう。緊急措置のようなものかもしれない。

『今回は、いろいろしてくれて助かった。ただのわがままなのに、つきあってもらっちまったな』

真面目でていねいな大国主命に対して、少彦名命は軽く親しみやすいしゃべり方だった。まずは、要望に応えた九十九たちへの感謝が述べられる。

『本当に、全部美味かったよ。どれも面白かった！　大国主のヤツは、なんでも福神漬けまみれにするから、味に区別ついてたのか、よくわからんけどな』

たしかに……とは思っていても、口にできない内容だ。とりあえず、九十九は苦笑いした。

『ただ、いろいろ食べて改めて思ったんだが……やっぱり、いつものカレーが一番落ち着くんだわ。今日のが悪いわけじゃない。実感したってところかね』

結局、いつもの味が一番好き。

この感覚は、九十九にも理解できるものだった。

『いろいろやってくれたのに、気を悪くしないでほしい。飽きたっつっても、そこの料理長殿が存命の間しか食べられねぇ味だと思うと、割と愛着もあってな……』

大国主命は少彦名命をわがままだと言っていたが、九十九には彼の気持ちが伝わってきた。神様にとって、人間の寿命は短い。好きな味を楽しめるのも、わずかな間という感覚なのだろう。

「わかっていますよ。大丈夫です」

九十九は笑って、自分の肩に手を添えた。すると、少彦名命は九十九の指にぴょこっと跳び移る。

九十九は少彦名命を前に、頭をさげた。

「湯築屋は、お客様のお望みのものをご用意いたします。ちょっと変わったご要望にも、いつものおもてなしにも、全力で対応しますよ」

指のうえで、少彦名命が跳ねてくれた。距離が遠くて、声は聞こえなくなったが、たぶん、お礼を言っているのだ。


突発的にはじまり、ぐだぐだっと終わったカレー対決。

しかしながら、こういうイベント。後片づけも大事である。

小広間にセットされた審査員席やら、なにやらを片づけたあと、九十九たちはカレーも処理することにした。

「うーん……小夜子ちゃんのスープカレーも美味しい！」

厨房で、従業員一同、お互いのカレーを少しずつ食べていた。まかない扱いなので、対決に参加していないコマや碧《みどり》、八雲《やくも》たちにも注ぎわける。というより、そうしないと量が多くて食べきれなかった。

九十九はスープカレーを口に入れ、身を震わせる。カマンベールチーズのとろとろが贅沢で堪らない。

審査のときから、みんなのカレーは気になっていたのだ。

「ありがとう。九十九ちゃんのオムカレーも美味しいよ」

「そんな。オムライスっぽくしてみただけで、わたしのが一番普通のカレーだもん」

小夜子は眼鏡の下で笑ってくれるが、九十九は口を尖《とが》らせる。こうやって食べ比べると、九十九のカレーは数段落ちるような気がした。

「そのようなことはないぞ。儂は九十九のカレーがすぐにわかったからな！」

どっからわいてきたのやら。いつの間にか、従業員にまざってシロがいた。

平然と、九十九の作ったオムカレーを食べている。あれだけ食べても、まだ入るなんて。

さすがは、神様だ。

「シロ様、全部わたしのカレーに違いないって言ってたじゃないですか……」

シロの堂々とした口調、九十九は忘れていない。

「なにを言っておる。最終的には、気がついたからいいのだ」

「松山あげのおかげですけどね」

「儂への愛を感じたぞ」

「たぶん、それは勘違いです。シロ様の、松山あげへの愛が深いんです」

あんな量の松山あげ、普通は気がつかない。本当に、少ししか入れていなかったのだ。

すごい愛。主に、松山あげへの。

「拗《す》ねておるのか？」

九十九はプイッと顔をそらすが、シロはニマニマとしながらのぞき込んできた。

「そんなわけないですよ……」

「愛《う》いではないか」

シロは九十九の肩を捕まえるように抱き寄せた。

しかし、ここは厨房。みんなでカレーを食べていて……視線が集まる。

「九十九ちゃん」

小夜子がにこにこしながら、スッと九十九から離れる素振りをした。あ、これ「ごゆっくり」とか言われるパターンだ。小夜子のこういう意地悪は、そろそろ読めるようになった。

「さ、小夜子ちゃん。た、助け……」

九十九は小夜子にすがろうとするが、シロにがっしりと捕まえられてしまった。

「う……」

小夜子だけではない。碧や八雲、幸一も、九十九たちを見ていた。将崇は顔を真っ赤にして、コマはなぜか両手を叩いている。

「は、恥ずかし……」

自分の顔が赤くなるのを感じた。

だから、ついつい……いつもの癖で……。

「この！　駄目神様ぁ！」

と、シロの脳天に肘打ちを叩き込んでしまったのだった。

5

昨夜、シロの使い魔を出した結果、学校に肌守りは落ちていなかったそうだ。

それでも、念のために九十九は、翌日、大学内で自分が行きそうな場所を隈なく探した。大学の事務局や、守衛にも声をかけてみるが、それらしいものは見つからない。

九十九が気づいたときには、すでに誰かが拾って持ち去ったあとだった可能性もあるが、その前に八股榎大明神も確認したほうがいい。あとは、燈火と一緒に行ったラーメン屋だろう。

八股榎大明神で落としたとすれば、お袖さんが拾っておいてくれると思う。

あの肌守りには、九十九の髪の毛がおさめられている。どうしてなのかは、知らないが、天之御中主神がそうしてくれたのだ。

――九十九に顕れたのは、引の力だ。

シロから話は聞けたけれども、今は未知数ということだった。引って結局、なんだろう。引く？　ＰＵＬＬ？

九十九が神様から好かれやすいのは、この力が作用しているらしいが、まだ変質する可能性がある。

シロにもよくわかっていないのだ。九十九の力は未発達で、どのようなものなのか、シロにもはっきりしていない。

結晶の色が変わったのも、月子が夢で伝えようとした忠告も、わからず仕舞いだ。

もっと、ゆっくり話をしたほうがよかったのかな？　でも、シロ様はすごく嫌がっているし……。

ずっと、頭がいっぱいだった。

この日、九十九は普通に大学で授業を受け、そのあと、八股榎大明神へ向かう。

路面電車でごとごと揺られながら見る松山の景色は、九十九の好きなものの一つだ。

人々の生活と息づかいを感じる。松山の街並は、日常であり、どこにも存在しない特別なもの。そんな気がしていた。

路面電車は愛媛県庁前から、松山市役所前へと進んでいく。県庁には、愛媛らしくみかんの木が植えられている。その橙《だいだい》色を横目に過ぎると、堀端が見えてきた。

「え……？」

堀端の奥には、堀之内公園の木々が並んでいる。

ありふれた松山市内の風景だ。

変わらない日常が流れている。

けれども……九十九は、いつもと違うと気づいた。

「…………っ！」

思わず、九十九は路面電車の座席から立ちあがる。

料金を、ＩＣい～カードで支払って、松山市役所前に停車した路面電車から飛び降りた。

そして、市役所前に佇む――八股榎大明神を見据える。

空気が、黒い。

すぐに瘴気が立ち込めているのだと悟った。普通の通行人には見えていないが、九十九にはわかる。

息苦しいぐらい、濃密な瘴気。

目の前に壁が現れているのではないかと錯覚した。身体が前に進むのを、本能的に拒んでいる。

こんな瘴気を発する存在を、九十九は知っていた。

五色浜でのできごとを思い出す。蝶姫に憑いた堕神が、瘴気によって人々を害そうとしていた。あのときと瘴気の濃さや状況が近い。

八股榎大明神には、堕神がいる。

嫌な予感がした。

お袖さんは、あの堕神を「同居人」と呼んでいた。害はないと、お袖さんが認めて榎に住まわせていたのだ。実際、今まではそれで問題など発生していなかった。

なのに、なんで……？

八股榎大明神の前に立ち、九十九は固唾《かたず》を呑む。

もしかして、これ……わたし、危ない？

堕神の瘴気など、九十九に対処できるわけがない。

五色浜のときは、天照の助力があったが、今は一人だ。九十九に使えるのは、退魔の術くらい。自分の神気を結晶化できるが、それを活用する術は使えなかった。あとは、夢の中で羽を少し操れる程度だ。

「し、シロ様……いらっしゃいますか？」

おそるおそる呼びかけると、すぐ足元に白い犬が現れた。シロの使い魔だ。九十九はひとまず安心して、使い魔の前に膝をつく。

「九十九、疾《と》く逃げよ」

使い魔は八股榎大明神を確認して、九十九に一言告げる。

「やっぱり、これ……堕神なんですか？」

「そうだ。しかし……思っていたよりも、まずいことになったな」

まずいこと？

「単なる堕神の暴走ならば、どれだけよかったか――」

シロの使い魔はぶつぶつと、つぶやいていた。その実、九十九には目線で「疾く逃げろ」と示している。九十九はどうすべきか混乱しながら、立ちあがった。

ここはシロにまかせたほうがいい。九十九には、なにもできないのだから。

でも、シロは……堕神をどうするつもりなのだろう。

こんな街中で、瘴気を放出している堕神を、そのままにしておくとは思えない――お袖さんの同居人なのに。

「…………ッ」

迷う九十九の視界に飛び込んだ者がある。

八股榎大明神の狭い敷地内。榎へとおりる階段に、誰かが倒れていた。

「お袖さん！」

それがお袖さんだと確認すると、九十九はいてても立ってもいられず、走り出してしまう。

シロの忠告を無視して。

駄目だと、わかっていながら。

それでも、苦しそうな表情で倒れているお袖さんを、そのままにはしておけなかった。

逃げるなら、お袖さんも一緒でないと。

「お袖さん、お袖さん！　大丈夫ですか！」

九十九はお袖さんに呼びかけながら、身体を起こした。

「ん……君は……」

お袖さんが薄らと目を開いたので、九十九は安堵の息をついた。

「いけない。早く逃げるんだ」

「お袖さんを連れて逃げます」

幸い、堕神は瘴気を発するばかりで、襲ってくる気配がない。九十九は、今のうちにと、お袖さんの肩を担ぎあげた。

「お袖さん、歩けますか？」

「あ、ああ……でも……」

お袖さんは立ち止まり、不安そうに榎を見あげる。九十九も、つられるように視線を向けた。

榎の堕神が瘴気を放ち、黒く蠢いている。

紛れもなく、瘴気の発生源は堕神だった。

「なんで……あれって?」

けれども、それればかりではない。

瘴気が、脈打つような波動となっている。黒い触手のごとく蔦が絡みつき、堕神を絞めあげていた。

苦しそう……。

この堕神は瘴気で人を害そうとしているのではない。

今にも消滅しそうなか細い力で、なにかに抗っているのだ。

どうなっているのか、わからない。いったい、ここでなにが起こっているのだろう。九十九は混乱するばかりだった。

ただ、一刻も早く離れたほうがいい。

そういう予感だけはした。

「九十九」

階段の上に、シロの使い魔。

前脚をちょんとそろえて、お座りしている。見目は白い犬なのに、雰囲気はいつもと違っていた。

清らかな神気がシロの使い魔を包んでいる。

神の御使いは、九十九に「こちらへ来い」と道を示すかのようだった。九十九の足は、糸で操られるみたいに一歩二歩と、前へ進んでいく。

「九十九、すまなかった」

「え？」

シロの使い魔が口にした謝罪は、九十九の予期しないものだった。なぜ、謝るのか、九十九にはちっともわからない。

「儂の判断が甘かった」

判断？

とにかく、九十九はお袖さんを抱えて階段をのぼる。

「九十九の神気は引だと言ったな。その力は字のとおり、引き寄せる力、すなわち引力だ」

シロ様。今その話、必要なんですか？

大事な話だと理解していたが、シロの意図がわからない。今は、九十九の力について知るよりも、堕神をなんとかしなければならないのだ。

なのに、九十九はシロにそう言い出せなかった。

シロは駄目でだらしがない神様だ。けれども、こんなときに無意味な話をするとは思えなかった。

「昨日の話を覚えておるか?」

「……はい」

九十九の神気には、神々の好意を引き寄せやすい力があった、と。シロの説明から、九十九はそう理解していた。

しかし、それは現状だ。これから、九十九の力は変質していく、とも。

「まず、変化を知りながら儂は黙っておった。否、力の変質を認めたくなかっただけだ。九十九が別のなにかとなるのが、儂は嫌だった……」

どうして、九十九の力が変質してしまったのか。答えは、すでに知っていた。

天之御中主神の力に触れるようになったからだ。そして、シロは天之御中主神の影響で変わっていく九十九の力を快く思わなかった。

彼が天之御中主神を心から忌み嫌い、嫌悪しているから。

昨日、聞いた話の繰り返しだ。

まるで、シロは自らに言い聞かせているようであった。

「アグニ神をもてなした際、色の違う結晶ができたであろう？」

「覚えています……」

アグニとの火消し対決では、九十九の力を結晶に変え、火除け地蔵が使用した。そのとき作った結晶の一つは、明らかに異なる輝きを放っていたのだ。

あの結晶は九十九の神気の色ではなかった。

じゃあ、あれはなに？

じわじわと……認めたくない仮説が九十九の頭にも組みあがった。

それが本当だとすると……まさか……。

「あの結晶は、儂の神気を引き寄せて作られたのだ」

火消し対決の最中、九十九の神気は底を尽きていた。そういう実感があったのに、結晶を作ることができたのは——九十九が無意識のうちに、シロの神気を引き寄せていたから。

九十九は神様の力を引き寄せられる。

力の結晶にしてしまったということは、借りているわけではない。九十九の力として、シロの力を変換したのだ。

普段使用している退魔の盾は、シロの髪の毛を依り代にして力を借りている術である。

八雲が風を操るのも志那都比古神《しなつひこのかみ》の力だ。そうやって、神様から力を借り受けて、術を操る。

一方で、結晶化の術は、九十九自身の力を形にしているのだ。だから、神様の力を借りる術と、そもそもの性質がちがう。

本来なら、シロの力を使った結晶など、生み出せないのだ。

九十九は神様から引き寄せた力を、自分のものにしてしまえる。

「気づいていなかったなど、方便だ。儂はただ、九十九が変わるのが嫌だっただけで……あのとき、気づかぬふりなど、しなければよかった――儂は、また間違えた」

身震いした。

そして、おそるおそる、お袖さんの表情を確認する。

お袖さんは朦朧《もうろう》とした意識で、足どりも覚束《おぼつか》ない。顔が青白くて、肩で呼吸しているのが痛ましい。

次いで、九十九は榎に憑いた堕神をふり返る。

黒く蠢く瘴気の中心。目を凝らすと、白色が見える――肌守りだ。

「シロ様……わたし……」

天之御中主神から授けられた肌守りには、九十九の髪が入っていた。

あの髪に、お袖さんの神気が引き寄せられてしまったのだ。

それで、堕神が肌守りを排除しようとして、あんなに瘴気を放って……そんな仮説は信じたくなかった。

シロに、違うと言ってほしい。

九十九の考えすぎであってほしかった。

『条件が重ならねば、こうはならぬ。これは、いわゆる、其方《そなた》らの言うところの想定外の事案よの』

シン、と場が静まり返った。

「あ……シロ様……じゃない」

『嗚呼』

シロの使い魔が座っていた場所に、別の影が出現している。

墨色の髪が、ふわりと揺れた。

白い装束の背中には、純白にも、銀色にも輝く翼が広がっている。九十九を見おろす双《そう》眸《ぼう》は、紫水晶を嵌《は》め込んだ色彩だ。

天之御中主神が、顕現《けんげん》していた。

『今日はいやに素直に明け渡しよって。よほど、巫女が大事と見えるの』

「天之御中主神様……どうして……」

天之御中主神は普段、表に現れない。シロとは表裏一体の存在だ。シロと同じく湯築屋の結界から出られないのではないか。

『我《わし》が、斯様《かよう》に姿を顕すのは、其方の前では二度目のはずだが？』

五色浜で助けてくれたときのことを示していると、気がつくのに時間がかかってしまった。

『檻は其処《そこ》から動けぬが、我は檻を破れるからの。あまり長居はできぬが』

天之御中主神は言いながら、九十九とお袖さんに近づく。

九十九は、つい身構えてうしろへさがってしまう。が、天之御中主神は構わず、九十九の手首をつかんだ。

『あの守り袋は、其方が力を御しやすく作ったもの。だが、其れがこの結果を招いた。多少の接触ならば神にも害にならぬが、此処には堕神《あれ》がおる。瘴気は巫女の神気には毒だからの。運が悪かったやもしれぬ。そのうえ、丸一日もこの状態にした』

力を御しやすく？　九十九が、神気を使いやすくするための肌守りだったということか。

そんなものを、天之御中主神は、なぜ九十九に授けてくれたのだろう。

けれども……それが、現状を招く原因になったのだと、今の説明でわかった。

肌守りは、やはり放置してはいけなかったのだ。探しに行くべきは大学ではなく、八股榎大明神だった。

あれには九十九の力を補助する役目があったのだろう。

神様や堕神のいる場所に長時間放置してはならない代物だった。肌守りは堕神の微弱な瘴気に刺激され、近くにいたお袖さんの力をじわじわと引き寄せたのだ。そして、今はお袖さんから肌守りを引き離すために、堕神が瘴気を発生させている。

『来い』

天之御中主神は、九十九の身体を軽々と持ちあげる。まるで、重量など感じていないかのようだ。

もう片方の手で、お袖さんに触れる。天之御中主神に触れられた瞬間、お袖さんの身体はみるみるうちに縮んでいき、丸っこい見目の狸へと変化した。

「な、なにするんです……」

『帰るのだ。時間が惜しいからの』

天之御中主神が短く答えると、背後に神気の塊が現れた。

空間の裂け目が生まれ、異界——湯築屋の結界へと通じる門となる。五色浜のときと同じだ。天之御中主神は、ここに湯築屋の結界への道を開いたのである。

九十九たちを抱えて、天之御中主神は門を潜った。

『そうだ』

しかし、ふと、うしろをふり返る。

『返してもらおうかの』

淡々と、作業をしているみたいな声音だった。

感情がない、というよりも、あまりにも些事《さじ》で、気にする事柄ですらない。

天之御中主神が視線を向けた刹那、榎に宿っていた堕神の本体が弾け飛ぶ。黒い身体が霧散して、辺りを漂う空気に溶けていく。

「――――！」

流れるように自然なできごとで、九十九は声さえあげられなかった。

ひどく簡単に……呆気なく……無感動に……堕神の存在は消滅する。純白の肌守りだけが、その場に残った。

肌守りは、吸い寄せられるように天之御中主神の手へと。

なんの感慨もない顔で、天之御中主神は門を閉じた。

解．弱き巫女の選択

1

湯築屋《ゆづきや》は、普段見られない類の忙しさがあった。

まず、気を失ったお袖《そで》さんのために、部屋が用意される。かなり神気が疲弊していたので、足湯があり湯治に適した五色《ごしき》の間になった。

九十九《つくも》は……お袖さんの部屋を準備するため、ばたばたと働く。湯をすぐに使えるようにして、布団を敷いた。お袖さんの変化《へんげ》は天之御中主神《あめのみなかぬしのかみ》によって解かれていたので、運ぶのも楽だ。

それでも、ぐったりとしたお袖さんの身体は、思っていたより重く感じた。

「若女将《わかおかみ》、もういいですから、お休みになってください」

碧《みどり》に勧められるが、九十九は首を横にふった。

「いいえ、わたし仕事します」

「でも……」

「いいんです。わたし、やりますから……お袖さんの看病します。もちろん、旅館のお仕事も。本日もご宿泊のお客様がいらっしゃいますので」

こんな事態になってしまったのは、九十九のせいだ。

九十九が肌守りを落としたから。すぐに拾いに行かなかったから。いいや、自らの力を把握していなかった責任もある。

シロとゆっくり話す機会は幾度もあった。そのたびに、後回しにしてしまったのだ。シロのせいには、できなかった。

シロが天之御中主神をあんなに嫌っているのだと、九十九は知っていたではないか。もっと、深く聞くべきだった。

月子《つきこ》だって、教えてくれようとしたのに。

九十九自身、まだシロの説明が不足していると気づいていた。

結晶の色が変化した理由について、疑問に思っていたではないか。

なのに、九十九はシロに聞けなかった。

シロが嫌がるから、ゆっくりでいいと勝手に判断していた。

全部、結果論だろう。

気づけるかもしれないタイミングはいくつもあったが、すべて逃してきた。

今回の事態は想定外だったのかもしれない。九十九が、よりにもよって堕神《おちがみ》による刺激を受けやすい八股榎大明神《やつまたえのきだいみょうじん》で肌守りを落としてしまい、さらに、すぐに取りにいけなかった。こんな偶然は滅多に起こらないのだと思う。現に、天之御中主神だって、想定外だと言っていた。

堕神と神が同居している状況自体が、イレギュラーだ。想定されていない。

でも……でも。

「わたしのせいなので……わたしが、もっと……もっと、気をつけます。お客様のためにがんばります……」

もっと、なにができただろう。

あとの祭りだ。

後悔ばかり。

せめて、お袖さんが元気になるまで、お世話がしたかった。

「若女将、やっぱり休んでください」

碧が九十九の肩に手を置いた。

けれども、九十九は休みたくない。肩に置かれた碧の手を振り解《ほど》こうとした。大丈夫だ。だって、九十九は湯築屋の若女将だから。

「そんな顔でおもてなしをされると、困ります」

振り解こうとした碧の手は、びくとも動かなかった。

「休んでいてください」

碧が九十九に差し出したのは、ハンカチだった。

「え？」

そのとき、初めて九十九は涙が流れていると自覚する。

熱い一筋が頬を伝っていく。

「だ、大丈夫です……顔洗ってきます！」

声が震えて、大きさが安定しなかった。どうしても、泣き叫ぶような言い方になってしまう。

「休みなさい、九十九」

それでも意地を張る九十九に、碧は強めの声をあげた。

びくりと身体が震え、思わず静止してしまう口調だ。有無を言わせない圧力と、厳しさ。お客様たちの威圧感などとは別種だ。ピリリと肌を刺すような緊張感が心臓をつかんで離さない。

碧は湯築屋の仲居頭だが、九十九の伯母でもある。結婚していないのに苗字が違うのは、碧が河東《かわとう》へ養子に入っているからだ。湯築は巫女の家なので、神気が使えない者は子供のうちに籍を外される。しかし、それも形式ばかりで、碧はずっと湯築の人間として振る舞ってきた。

碧はいつも従業員という立場で九十九に接してくれる。

だが、今は伯母として九十九を叱っているのだと、はっきりわかった。こんな碧は初めてで、九十九は身を縮こめてしまう。

「お袖さんは、私たちにまかせて」

「はい……」

そう返事するしかなかった。

九十九だって、理解している。

今の九十九ができることはあまりない。こんな顔で、お客様のところへ行って、まともな接客もできないだろう。

それでも、九十九は動かずにはいられないのだ。そうしていないと、嫌な考えばかりが巡ってしまう。

気分を紛らわせたかった。

でも、気を紛らわせるためのおもてなしで、お客様は満足するのだろうか。いや、しない。神様たちは、九十九の心のありどころを、適確に見極める。こんな状態では、充分なおもてなしなんて無理だ。

碧に従わされたのではなく、自分で納得して、九十九は頭をさげた。

「あとは、よろしくおねがいします……碧さん……」

碧にまかせておけば、大丈夫だ。彼女は、九十九より長く湯築屋を支えてきた従業員である。むしろ、これ以上に頼りになる人間を、九十九は知らない。

「はい。おまかせください、若女将」

そんな九十九に、碧はちゃんと応えてくれる。

2

休みをもらってしまった。

九十九は空振りする気持ちを、どこへ持っていくべきかと考える。なにもしていなかったら、悪い思考で頭がいっぱいになりそうだ。

九十九は自らの両手を見おろした。

「…………」

知らなかった。

そんな力があるなんて、九十九は知らなかったのだ。周囲に、このような神気の特性を持った人間もいない。偶然も重なった。天之御中主神が「想定外」と評していたが、本当にそうなのだと思う。

それでも、九十九は自分を責める気持ちを抑えられなかった。

怖い。

九十九は神から力を引き寄せる。

それがいつ、どのような形で暴発するかわからなかった。こんな力を持っていては、お客様のそばへなど行けない。

堪らなく胸が苦しくて、押し潰されそうだ。

九十九は一歩も動けず、その場にくずおれる。身体を丸めるように座り込むと、このまま小さくなって消えていけるような気がした。

自分が誰かを傷つけたなんて、考えたくない。


——あのような芸当をしておいて、か？　自覚がないのか。恐ろしい。


アグニの言葉を思い出し、いまさら意味を理解した。

九十九が、もっと——。

『なにをしておる』

胸が痛くて息苦しい。身体を小さくしながら耐える。そんな九十九の頭のうえから、声がふってきた。

九十九は、はっとして反射的に頭をあげる。

「シロ様」

『否《ちがう》』

思わず呼んだ名を否定されてしまった。

そこで初めて、九十九は自分を見おろす者の顔を認識した。

紫水晶の瞳からは、感情が読みとれない。九十九を心配しているのではなく、「そこに落ちていたから気になった」といった雰囲気だ。

「あ……天之御中主神様……？　なんで？」

なんで、ここに？

思わず疑問を口にしてしまうと、天之御中主神は短く息をついた。

『此処《ここ》は我が結界の内だが？』

平然と言われるが、まあ、そうだ。そのとおりだった。

シロと同一の存在なのだから、そうだろう。彼はいつも隠れているだけで、常にシロと一緒にいるのだから。

「いえ、そうですよね……すみません……珍しかったので……つい」

天之御中主神は唐突に、シロと入れ替わることがある。それは気まぐれの類と呼ぶものだろう。

しかし、このように、平然と廊下を歩いているとは思っていなかった。少なくとも、九十九は初めて遭遇する。だから、つい天之御中主神も湯築屋に住んでいるのだという意識が薄かった。

「あの……シロ様は……？」

天之御中主神が表に出たままになっている。

おそらく、八股榎大明神から帰ってずっとだ。九十九はお袖さんに気をとられていて、シロが戻らないのに気づかなかった。

まさか、このままずっと戻らない――？

そんな不安で、九十九の目に再び涙がたまっていく。

『存外、弱いな。其方《そなた》は』

九十九の顔をしばらく見据えて、天之御中主神がつぶやいた。

天之御中主神が手を伸ばすので、九十九は反射的に身を強張《こわば》らせる。

『立て』

手は九十九の頭に触れた。

押さえつけているのではない。なでているとも言えなかったが、どこか温かみのある動作であった。

とても意外で、不思議な気分だ。

「へっ？」

次の瞬間、九十九の身体が羽根のように軽くなる。そして、なにも意識していないのに、すくっと立ちあがってしまった。

きっと、天之御中主神の声に言霊《ことだま》が宿っていたのだろう。「立て」と命じられ、身体が従った形なのだ。

けれども、決して嫌な気分にはならなかった。

『少しつきあえ』

天之御中主神は言いながら、廊下の先を示した。そういえば、九十九は逃げるようにふらふらと歩いていたので、この先になにがあるのか考えていなかった。

「え……ええ？」

だが、天之御中主神が示した先にあったものを見て、九十九は間抜けに口を開けてしまう。

対する天之御中主神は、いたって真面目そう、というより、変わらず無表情のままだ。なにを考えているのか、わからない。

『つきあえと、言っている』

「え、え、ええ、えええええ……そ、そ、そそそれは、ちょっと……！」

『何故《なにゆえ》？』

だって……男湯を指さして「つきあえ」って言われたって、困りますよー！

混浴じゃないんですってば！

まあ、結局。

変な意味はなかったのだが。

「はあ……なんか、疲れた……」

妙な勘違いをさせられて、九十九はどっと疲労を感じた。

けれども、気を取りなおして脱衣場に用意してある、従業員用の下駄を履く。濡れないように、茜色《あかね》の着物の袖も襷《たすき》掛けにした。

男湯の入口に、「貸し切り」の札をかけておく。今、男神《おがみ》のお客様は大国主命《おおくにぬしのみこと》と少彦名命《すくなびこなのみこと》がいる。二柱とも、作戦会議と称して、今日も小広間にいるのだが……念のためだ。

そして、浴場へ……。

立ち込める湯気が、もわっと肌をなでる。湿気を多く含んだ、独特の空気だ。しかし、これが温泉らしくて、九十九は好きだった。

「あのぉ……？」

九十九はおそるおそる声をかけた。

天之御中主神に対しては、いつも緊張していたのだが、なんだか、さきほどの勘違いのせいで、すっかり気が抜けてしまった。そして、いつの間にか涙も止まっている。

今、シロは眠っている状態だと、天之御中主神から説明された。

稲荷神《いなりのかみ》白夜命《びゃくやのみこと》は湯築屋の結界そのものであり、天之御中主神は「檻」と呼んでいる。天之御中主神は自らを檻の中に置いているというのが、正確な在り方だ。

だから、シロは結界から出られないが、天之御中主神は出られる。いや、出られると言うと語弊《ごへい》があるだろう。神気を消費して檻を歪《ゆが》め、一時的に出入りが可能となるのだ。

制約が非常に多いため、長時間の外出は不可能らしい。そうでなければ、檻の意味がないので、当然と言えば当然だった。

シロは自ら檻を開け、天之御中主神を結界の外に出したのだ。そして、堕神の瘴気《しょうき》から九十九とお袖さんを守ってくれた。

堕神とて神だ。

シロの使い魔や傀儡《くぐつ》では、堕神の瘴気に対応するのは不可能である。それゆえの措置だった。

『来い』

湯気の向こうから返事が聞こえたので、九十九はゆっくりと歩み寄る。下駄がカランコロンと音を立てた。

湯築屋の岩風呂は道後《どうご》の湯が引かれている。藍色の空には月も星も出ていないが、木々を染める紅葉の赤がとても映えた。

湯船に、紅葉が一枚はらりと落ちる。

一重に、二重に、幾重にも、水面に波紋が広がり、広がって——いつの間にか、紅葉は塵《ちり》のように消えていた。幻の葉だ。いつまでも留まらない。

湯に、長い髪が落ちる。

墨が水に広がるように、湯を髪が漂っていた。けれども、おぞましさや禍々《まがまが》しさはなく、淡い神気の光によって幻想的な儚《はかな》さをまとっている。

紫水晶の瞳が、ゆっくりと九十九に向けられた。

「遅くなりました……お持ちしました」

見惚《みと》れていた。そう自覚しながら、九十九は手に持っていたものを天之御中主神に差し出す。

「これで、いいですか……？」

お酒だった。一升瓶に入った市販の日本酒で、シロが母屋に溜めこんでいる一本だ。かなりいいものなのだが……拝借してきた。

天之御中主神が外へ出るには、シロの許可が必要になる。

シロは、九十九とお袖さんを八股榎大明神から速やかに連れ帰るため、天之御中主神を結界の外に出した。

しかし、それは檻の役目を持ったシロを一時的に害する行為だ。

短時間とはいえ、シロの神気は著しく損なわれてしまった。

だから、今はシロが眠り、天之御中主神が表に出ているのだ。神気が回復すれば、シロは戻ってくる。

道後温泉の湯は、もともと、天之御中主神が発生させたものだ。シロや天之御中主神との親和性は、他の神々よりも高い。神気を害されても、早く回復できるのだ。

天之御中主神はしばらく湯につかり、神気の回復をはからなければならない。それは、シロのためでもあるのだ。

だから、九十九は「つきあえ」つまり「手伝え」と言われた。

シロ様は余計な一言が多いけど、逆に、天之御中主神様って言葉が足りないんじゃないのかな……。

九十九はもやもやとしながら、天之御中主神に日本酒を渡す。

『案ずるな。大したことではない。三日もすれば、形は戻るかの』

「三日……もしかして、五色浜《ごしきはま》で助けてくださったときも、こうやって湯治をしていたんですか？」

五色浜で九十九が天之御中主神から助けられた際、九十九は三日寝込んでいた。その間も、シロは九十九の前に姿を現さなかったのだ。わざわざ、天照《あまてらす》に代役を頼んだりして……いくらなんでも、おかしいと思っていた。

シロは九十九の前に姿を現せなかったのだ。

『其方の考えておるとおりだ。あのときは、すぐに代わろうとしなかったがの』

天之御中主神は、日本酒の瓶を開封する。しかし、飲むのかと思えば、そのまま瓶を逆さにしてしまった。

お酒が勢いよく、湯に溶けていく。九十九は、ただただその光景を見ていることしかできなかった。

『髪を洗ってくれぬかの』

お酒をすべて湯に流したあとで、天之御中主神が九十九に背を向けた。

真っ黒な墨のような髪は、湯船に広がって漂っている。シロの髪とは真逆の色だ。なのに、同じように美しい。

「は、はい……えっと、お湯で流せばいいのでしょうか？」

『手ですくって流せよ。巫女の神気が必要だからの』

九十九はうなずき、浴槽のすぐ近くに膝をついた。着物は濡れないように膝までたぐる。

道後の湯は熱めに温度調整がしてある。熱い源泉と冷たい源泉を混ぜあわせて、各施設へ配管しているのだ。湯築屋の温度は、道後温泉本館と同じだった。

九十九は手で湯を少しずつすくって、天之御中主神の髪にかけていく。湯に漂っている髪も、ていねいになでるように整えた。

五色浜のときは、登季子《ときこ》が洗ったのだろうか。これは巫女の仕事だと言われた。

「お湯加減は、どうでしょう」

『それは意味がある質問かの？』

「ない……です……」

や、やりにくい。

九十九は対話をあきらめて、作業に没頭することにした。

天之御中主神の身体は美しい。

肌は陶器のように滑らかだし、翼は輝いていないのに光をまとって見える。神々しいとは、まさにこのことだろう。どこをとっても芸術品みたいだ。

シロも、綺麗だ。

どちらも。

ただ、違いがある。

天之御中主神はシロよりも、少し細い。身体に丸みがあり、女性的だった。シロも中性的な見目をしているが、それ以上に天之御中主神には性別の概念がない。

別天津神《ことあまつかみ》は独神《ひとりがみ》だ。

男神でも、女神でもない。

改めて、この神が原初《はじまり》であり、終焉《おわり》を見据える存在なのだと理解させられた。

ただ存在するだけで役目を果たす——それ以外、なんの役目も持たぬ神。天之御中主神は、そう位置づけられている。

在り方が特殊で、湯築屋のお客様たちとは枠が違った。

不思議だ。

九十九はたくさんの神様を見てきたのに、そう思えてしまう。

「あの……いまさらですけど、ありがとうございます」

九十九は小声になりながら、お礼を告げた。

天之御中主神には助けられている。しかも、これは二度目だ。

シロの過去や、月子の言動から、どうしても天之御中主神には苦手意識がある。緊張して、上手く接するのがむずかしい。

でも……。

天之御中主神様だって、悪い神様じゃないんだよね……？

在り方が特殊で、考え方も神々のそれだ。九十九には理解しがたく、シロも忌み嫌っている。

それでも、この神様は九十九を救ってくれたではないか。

話しあえると、思う。

『我《わし》は、檻の選択に従っただけだからの。礼を受けとるべき相手ではなかろうよ』

「でも、救っていただいたのは事実ですので」

『其方が弱いからな』

弱いとはっきりと言われ、九十九はきゅっと唇を噛む。

だが、事実だ。九十九はあの場では無力で、なにもできなかった。そして、湯築屋へ帰ってからも、ただ泣いていたのだ。

否定なんてできない。

『知っておったがの。思った以上ではあった』

とはいえ、追撃が辛辣《しんらつ》すぎる。九十九は、ぐっと堪えながら、無心で天之御中主神の髪を洗った。

『我のほうこそ、其方の性質を見誤ったのだ。あれはその埋めあわせだと思っておくとよい』

「見誤った、ですか？」

『だから、存外弱かったなと言ったであろう』

何度も何度も弱いと言われると、さすがに傷ついてくる。だいたい、いくら巫女とはいえ、神様に比べれば弱いのは当たり前ではないか。

それとも、

『月子は斯様《かよう》なことで取り乱したりはしなかったからの』

ああ、やっぱり。

九十九はつい視線をさげた。

シロも天之御中主神も、月子、月子と。

それは九十九の神気が月子に似ているからだ。

シロは、九十九と月子が違うと認め、そのうえで好きだと言ってくれた。正直、まだ比べられているのではないかと疑問に思うこともあるけれど……天之御中主神の口からも、月子の名が出ると落ち込む。

みんな月子さんのほうがいいのかな……。

「わたしは、月子さんではありませんので……」

あんな風にはなれない。

九十九には、月子の強さはなかった。

シロや天之御中主神が望む巫女ではない。

『嗚呼《ああ》、そうだ。月子は我を受け入れなかったからの』

天之御中主神は、意外とあっさりと認める。淡々として、感情ののらない言葉であった。

『だから、本質を見ず、見誤った我の過失であろう』

「過失……天之御中主神様の？」

天之御中主神の口から出た言葉に、九十九は眉を寄せた。

『おかしいか?』

「おかしいというより……すみません。天之御中主神様は、そのようなことを言う神様だと思っていなくて」

天之御中主神の考え方は九十九に理解できない。他のどんなお客様よりも、神様らしい。月子やシロに対して「無責任」とさえ感じていた。

この神は他者に選択を示して、結果に対する責任を負わない。あくまでも、外側から俯《ふ》瞰《かん》した立場で観測し、選択だけを提示する。

九十九に、巫女としての選択を強いたときも、同じような態度であった。

その天之御中主神から、「過失」という言葉が出てきた。

九十九にとっては、意外な一言だ。

『肌守り《あれ》については、我の意思で与えたものだからの』

肌守りを授けたのは、天之御中主神だった。

シロではない。九十九が選択したわけでもない。

紛れもなく、天之御中主神の意思だったと認めている。やはり、九十九にとって、今の天之御中主神は意外であった。

「じゃあ……どうして、あの肌守りを授けてくださったんですか?」

『必要だと判断した』

不意に、天之御中主神がこちらをふり返り、九十九の手をつかんだ。

九十九はドキリとして、思わず身体をうしろに倒してしまう。着物のお尻がビショリと濡れるのを感じたが、それよりも、漂う緊張感に息が止まりそうだった。

動悸がする。

心臓を耳元に押し当てられているみたいだ。

『其方の、お前の、この手は神を殺すぞ』

そう告げられて、背筋に悪寒が走る。

「あ……」

想像したくもない。

けれども、引の力について知ったとき、薄々、そうなのかもしれないと感じていた。

九十九の力は、神から力を引き寄せ――奪ってしまえる。

それは、神を殺す力にだってなるのだ。

身体の震えが止まらなかった。

どうしようもなくて、九十九は力なく目を閉じる。

『我が授けた守り袋は、其方の力を強める――其方の能力を扱いやすくするために創ったのだ』

天之御中主神が説明を重ねるが、九十九は目を開けたくなかった。

聞いていたくない。

もうやめてほしかった。

『制御は早いほうがよかろう。自ずと、其方はあれの使い道に気づくと思っておったが……其のときよりも、偶然のほうが早かったの』

水の音がする。

天之御中主神が湯船から這いあがったのだと気づいたときには、九十九の顔に濡れた感触があった。

顔に触れられ……次に、頭をなでられる。

『今の其方に、その力はない』

目を閉じていると、倒れたお袖さんの顔が浮かんだ。そして、霧のように消滅させられる堕神の姿。

九十九を責め立てるみたいに。

あのままだったら、どうなっていたのだろう。

お袖さんがいなくなって、堕神が瘴気を暴走させて……あんな松山《まつやま》の真ん中で、そんな事態になったら……そうなってしまっていたら……。

いったんおさまっていた感情が、再びあふれてくる。一度あふれはじめると、自分で制御するのはむずかしくて、どんどんと思考が悪い方向へ転落していく。

こういうの、駄目だって理解しているのに……。

『こちらを見ろ』

天之御中主神の声は、どこまでも平坦だった。

怖い。

『ならば、死を欲するか？　さすれば、其方の恐怖は取り除かれるぞ』

強い言葉に、身体が余計に萎縮する。

死ぬ。死んでしまえば、怖くない……けれども、その言葉は誘惑ではなく、ただただ、恐怖を増長させていくだけだった。

目の前に提示された選択を拒むように、九十九は余計に目を瞑《つむ》る。

『此れも選べぬのか。だが、これればかりは、選ぶべきではないのか。其方は檻を孤独にせぬと言ったであろう？』

シロ様のこと、檻なんて呼び方しないでください……。

そう頭に描くだけで、声にはならなかった。

『見ろ』

九十九はどうすればいいかわからなくて……自分で考えるのも嫌になって……言われるままに、目を開けた。

涙は不思議と出ていなくて、しかし、身体の震えで視界が揺れている。

天之御中主神が九十九の傍《かたわ》らに座っていた。やはり、その身体に男女の特徴はない。が、それゆえの言葉にできない美しさがある。

瞳は紫水晶と同じ色で。

九十九を見据える双眸《そうぼう》には、わずかだが感情のようなものが読みとれた。

「………………」

困ってる……？

今まで、天之御中主神からはっきりとした感情が伝わることがなかった。けれども、そこに浮かんだ色に、九十九は目を瞬かせる。

「天之御中主神様……困っていらっしゃるんですか、今？」

おそるおそる、問う。

『我が？』

問いに、天之御中主神はわずかに眉を寄せた。怪訝《けげん》そうだ。困惑しているという自覚がなかったのか、しばし考えはじめる。

『なるほど。其方があまりに脆《もろ》すぎて、なにを選ばせればよいのか思案はしておったの。其れは困惑していると、表現するのかもしれぬ』

「それは、困ってるって言うと思います……たぶん」

弱いの次は、脆いと評されて、若干傷つきはしたが。

ちょっとだけ緊張が解けてきた。

強めの言葉を使っているけれど、天之御中主神は九十九を思って言っている。そう、解釈していいのだろうか。

今、怖くて仕方がない九十九を、必死になだめようとしている。そのように受け止めても、いいのだろうか。

この神様を、都合よく受け止めても、いいのだろうか。

……いいと思った。

信じたいと、思った。

九十九は改めて、自分の両手を見おろす。

「天之御中主神様は、わたしの神気の特性に気がついていたんですか」

『無論。我の影響だからの』

シロよりも、天之御中主神のほうが早く九十九の変化に気づいていた。そもそも、シロは九十九の変化から目を背けていたのだ。ゆえに、天之御中主神はシロよりも先に手を打ってくれたのだろう。

九十九のために……そう思って、いいよね？

「どうして、教えてくれなかったんですか？」

シロは、天之御中主神に影響された九十九の変化を認めたくなかった。加えて、未知の部分が多く、九十九にはっきりと告げられなかったのだ。

でも、天之御中主神は違うはずだ。この神は、九十九の変化にも能力にも気づいており、シロのように黙っている必要もなかった。肌守りを授けたなら、説明だってしてほしかったと思うのは、傲慢だろうか。

天之御中主神は「ふむ」と、考え込む。

『教えなくとも、そのうち力は発現するではないか。実際、自力で檻から力を引き寄せたこともあった。まぐれではあったが、遅かれ早かれ、其方は自分で知ったはずだからの。我はその助力をすればよいと思ったのだが』

それで、能力を引き出しやすいように肌守りを授けた――。

落ち着いて天之御中主神の話を聞きながら、九十九は確信した。

「天之御中主神様って、申しあげにくいのですが……口下手ですか？」

『…………』

天之御中主神の顔が、やや怒った気がした。口角がわずかにさがっている。だが、怒りで九十九を害するつもりはない。九十九の話を聞き入れてくれている。

「すみません。ちょっとキツイ言い方だったかもしれません」

『我は不要なことは言わぬ』

今度は拗《す》ねているのかもしれない。むきになっていると感じた。

今まで、天之御中主神とゆっくり会話する機会などなかった。シロがすぐに入れ替わろうとするか、天之御中主神自身が裏側へ戻っていくからだ。

九十九が知っている天之御中主神は、シロの過去をとおした視点でしかない。九十九は今まで、天之御中主神について知った気分になっていた。

しかし、実のところ、

もっと、知ってみたい。

そういう願望もわいてくる。

「わたしは、死にたくないです。弱くて脆いかもしれませんが、もう少しがんばれると思います」

『そうか』

とりあえず、先に示された選択に答える。そのころには、九十九の震えはおさまり、背筋を伸ばして天之御中主神を見られるようになっていた。

「天之御中主神様は、わたしのお手伝いをしてくれていたんですね」

九十九がしっかりと力を使えるように。

肌守りを授けたのは、九十九が力を制御する必要があったからだ。天之御中主神が言ったように、九十九の能力は神から力を奪う性質がある。早めに制御できるに越したことはない。

天之御中主神の言葉は足りていなかったと思う。

九十九にとって必要な説明がすっぽりと抜けていた。けれども、天之御中主神としては「過程はどうであれ、結果的に九十九が能力を扱えればいい」のだ。それならば、不要であったかもしれない。神様の考え方は、理解できない部分がある。

それなのに、天之御中主神は今回の件を「自らの過失」と評した。

天之御中主神が自分で判断して九十九に助力し、過失を認めている。今までの印象からは、考えられない行動だ。

そして、九十九には思い当たる節がある。


——身勝手じゃないかな。

——天之御中主神様はシロ様に役目を押しつけている気がします。


月子は天之御中主神の責任を糾弾し、咎《とが》を負わせようとした。そうして、湯築屋の結界が創られたのだ。

九十九も、天之御中主神の怠慢を指摘した。

天之御中主神は神らしい考え方でありながら、意見されるたびに受け入れているのではないか。

決して、この神様は非情で傲慢などではない。

宇迦之御魂神《うかのみたまのかみ》も言っていた。天之御中主神は伊波礼毘古《いわれびこ》にも力を貸していた、と。時折、月子のように気に入った人間を見つけて問答もしていたらしい。

ただそこに存在するだけの神——だが、人間を見放したり、突き放したりしていない。本質的に、人間が好きなのかもしれない。

不器用なんだ。

こういう接し方しか、できないんだ。

そう理解すると、天之御中主神に対する見方が変わる。

これまで、得体が知れないと思っていた相手の解像度があがり、より鮮明な人物、いや、神様として対峙できた。

『其方の安い理解など要らぬが』

加えて、口も悪い。

九十九が苦笑いすると、天之御中主神は小さく息をついた。

『理解したなら、よい。どうせ、すべて些事《さじ》だからの』

どうせ、些事だ。

すぐに元通りだ。

三日も経てば、道後の湯によってシロの神気も回復する。お袖さんも、時間をかけて湯治をすれば元気になるはずだ。神様にとっては、一瞬で過ぎざる時間。

偶然が重なり、手順を違えたが、九十九も自らの力の性質を知った。

大きな変化はない。

天之御中主神にとっては、すべて丸くおさまっている。少なくとも、この神様はそう思っているのだ。

だが、本当にそうだろうか。

「堕神は……消滅してしまったんでしょうか」

戻らないものが、一つだけある。

『其方も見たとおりだと思うがの？』

天之御中主神があっさりと述べるので、九十九は胸が締めつけられた。

「堕神を消さずに助けることは、できなかったのでしょうか」

『何故《なにゆえ》。その必要があったか』

「天之御中主神様は知らなかったかもしれませんが、お袖さんは堕神を同居人と呼んでいました。堕神も、八股榎大明神の住人のようなものだったんです」

『それは、檻をとおして知っておったが』

天之御中主神は、あの堕神がどういう存在か認識していた。そのうえで、消滅させる方法を選んだのだ。

　あんなに呆気なく。

「だったら——」

『だとしても、すぐに消えるか、少し先に消えるかの差ではないか。なにが問題だ？』

　天之御中主神の回答は、淡泊で神様らしかった。もしかすると、シロですら、同じように答えるかもしれない。

　そこに悪意はないのだ。純粋に、どうして九十九がこのようなことを言うのか問うている。

『彼《あ》の堕神が瘴気を放っていたのは事実。人に害を与える危険もあったのだ。それを、其方は野放しにせよと？　それに、どうせ我の神気に触れたのだ。数刻もせぬうちに消えただろうよ』

「野放しにしろなんて、言っていません。なにか他の方法がなかったのかと思いまして……たとえば、湯築屋へお連れすれば、人に害は及びませんよね？」

『理解できぬ。が、其方は前にも同じことをしていたな』

　九十九は天照から八咫鏡《やたのかがみ》を借りて、堕神を湯築屋へお連れした。一度目は、五色浜の堕神。二度目は、柿の木に憑いた堕神だ。いずれも、すぐに消滅していった。

「堕神だとしても、神様ですから。だったら、湯築屋のお客様です」

『ほう。それは、我が領域を穢《けが》す価値のある神かの？』

これは試す質問だと思った。

九十九はゆっくりと息を整える。

大丈夫だ。九十九は、いつもどおりに答えればいい。天之御中主神は在り方が特殊だが、お客様たちと同じ神様なのだ。今、九十九は彼を理解しようとしている。

「この結界に入る者を、シロ様——天之御中主神様は拒めます。あなたは、シロ様から、その権利を奪ってしまうことだってできますよね。そうしなかったのは、わたしの行いを許してくださった。もしくは、穢すとも呼べない些事だと判断していたんじゃないんですか？」

天之御中主神は、自分の意思で表に出られるのだ。気に入らないなら、九十九が堕神を連れてくるのを拒否できた。けれども、そうしなかった。二度、堕神を結界に入れることを、許したのだ。

『なるほど。たしかに、我が赦《ゆる》したのかもしれぬの』

問答の答えを、天之御中主神は気に入ったようだ。唇の端を少しつりあげて笑うような表情を作った。

『存外、弱い娘だが……強いところもある。ふむ。興味は尽きぬの』

天之御中主神は言いながら、湯の中へ戻っていく。熱さを感じないのか、長湯していても平気みたいだった。

『ひとまず、落ち着いたようで、我の面倒が減った。続きを頼もうか』

髪を洗う手伝いをうながされ、九十九は慌てて立ちあがる。着物を整えてから、もう一度、浴槽の傍らに膝をつく。すると、尻餅をついて濡れていたお尻が乾いているのにも気づいた。天之御中主神が気を利かせたのか。

悪い神様じゃ……ないよね。

『我が間違っていたとは思えぬが、其方の考えは理解した。次は、それを貫く力を身につけることだな』

堕神について、天之御中主神は自身の判断が悪いとは思っていない。そこは、あくまでも九十九との信条の違いだと、一線を引いた。

『その助力ならば、考えてやらぬこともない』

天之御中主神の髪に、九十九は再び日本酒の溶けた湯をかける。さきほどまでは、落ち着かなくて見落としていたが、そのたびに、墨色の髪に神気が宿っていくのがわかった。きらきらと、銀のような色彩を放つ瞬間もある。

「ありがとうございます」

次に、似たような場面に出会ったとき――九十九に力があれば。

九十九に、己を通すだけの力があれば、きっと……焦ってはいけない。

ゆっくりかもしれないが、昨日できなかったことが、明日できるようになりたかった。

もっと、力をつけたい。

そして……やはり、天之御中主神とシロは一度、対話するべきだ。

その思いも強まった。

この二柱は話しあえるはずなのだ。

助力を九十九ができるなら——。

3

「ふむふむ。ここが湯築屋さんか。なるほど、なるほど。こんなに近いのに、初めて来たよ。興味深いね。観察し甲斐があるね。わくわくするね！」

湯築屋へ運ばれた時点では、ぐったりとしていたお袖さんだが、翌日には、このようなことを言いながら歩き回っていた。

変化した姿はスラリとモデルみたいな美人だが、今は丸っこい小さな狸姿だ。愛嬌があって可愛らしい。

まだ変化できるほどの力は回復していなかった。

お袖さんは化け狸が信仰を集め、神となった存在だ。隠神刑部《いぬがみぎょうぶ》とも似ており、そのような成り立ちをしていると、神気と妖力の両方を使えるらしい。神気が消耗していても、妖《あやかし》としての力で動けるので、ちょっと便利な体質だった。

「お袖さん、寝ていたほうがいいんじゃないでしょうか」

とはいえ、お袖さんの神気はほとんど回復していない。湯につかり、安静にしていたほうがいいはずだ。

廊下でばったりと会った九十九は、苦笑いで提案した。

しかし、お袖さんは九十九の言葉など聞き流して、楽しそうに庭を見物している。動きが忙《せわ》しない。

「だって、楽しいじゃないか。いやあ、近いからいつでも来られると思って、はや数百年。結局、こういう機会でもないと来ないものだよね。今のうちに満喫しておきたくて。なにせ、私はタダで泊めてもらえるって話だからね！」

お袖さんが神気を失った理由が理由なので、宿泊費はいただけない。これは九十九の精一杯の計らいだった。

楽しげに廊下を歩くお袖さんは、九十九なんてまるで気にしていない。以前となにも変わらなかった。

「あの、お袖さん……わたし、お袖さんに謝らなきゃいけないんです」

「ん？　なんだい？　だいたいの話は聞いたけど？」

廊下に飾ってある壺の中に飛び込み、お袖さんは顔を出す。砥部焼《とべやき》の壺だ。それなりの重量と大きさなので、ちょっとやそっとでは倒れないが、九十九は思わず壺を手で押さえた。

「すみません、お袖さん……わたしのせいで、こんな目に遭わせてしまって……」

「なんだよ、改まって。いいんだよ。私は私で、こうやって現状を楽しんでいるんだから。君が気にする必要はない」

お袖さんにとって、危ない目に遭ったことよりも、湯築屋の見学のほうが大事のようだ。好奇心旺盛で観察が好きなお袖さんらしいとも言える。

「それから、八股榎大明神にいた堕神ですが……」

そう切り出すと、お袖さんの顔から初めて表情が消えた。

寂しさも、悲しさも浮かんでいない。

「そうか、残念だよ」

たった一言、お袖さんはつぶやいた。

堕神の話は、誰もお袖さんにしていなかった。八股榎大明神の堕神について知っているのは、お袖さんと九十九、そして、天之御中主神だけだ。

「そんな気はしていたさ」

お袖さんの態度は、状況を把握して、ゆっくり呑み込んでいるように感じる。

「わたしに、もっと力があればよかったんです」

天之御中主神を説得する時間があれば……あるいは、止められたなら。

けれども、お袖さんは首を横にふって微笑した。

「気にしなくていいよ。遅かれ早かれ、そうなったんだ。ほんのちょっと早まっただけさ」

「でも」

「些事だよ」

些事だ。

神様は、みんなそう言う。結果的に、なにも変わっていないからだ。運命づけられた軌道から、なにも逸れていない。

大したことではないのだ。

でも……お袖さんの口からも、そんな言葉を聞いて九十九は唇を噛んだ。

「ただ、ちょっと嬉しかったよ」

お袖さんが寂しそうな表情を作ったのは、ほんの数秒だけだった。彼女は九十九に向かって、にっこりと笑ってみせる。

「嬉しい？」

「嗚呼、そうさ。嬉しいさ」

なんで？　九十九が首を傾げると、お袖さんは砥部焼の壺から外に飛び出た。壺がグラッと傾きそうだったので、九十九は再び押さえる。

お袖さんは両手を広げた。

「今まで同居していたわけだけど、私は彼との意思疎通ができたことがないからね。いや、彼なのか彼女なのか、よくわからないが。とにかく、こういうのは初めてだったのさ。彼に意思があると感じられたのは、初めてだったんだ」

八股榎大明神にいた堕神は、ただそこに存在するだけだった。

なにも起きない日々が過ぎ、消滅を待つのみ。榎にしがみつき、消滅の日を少しだけ延ばしているに過ぎなかった。

「私は同居人なんて呼んだが、実のところ、あちらはどう思っていたのか、まったく知らなかったからね」

堕神は、お袖さんを守ろうとしていた。

それまでは、お袖さんが一方的に「同居人」と呼んでいただけの存在だ。しかし、あのとき、初めて堕神のほうも、お袖さんと同じだったとわかった。

実際に対話していないが、少なくとも、お袖さんはそう解釈したのだろう。

九十九も、同意見だった。

「私が彼に、なにかを与えていたのだとしたら、それはとても好ましいと思うよ。そして、私は彼から贈り物をもらった気分だ」

九十九は、ぼんやりと去年の秋祭りを思い出す。

八咫鏡を使って、堕神を神輿の鉢合わせへお連れした。九十九は、あの堕神に対して、充分なおもてなしができたのか不安だった。


——ありがとう。


あのときの堕神が消える瞬間、聞こえたような気がしたのだ。

九十九の空耳かもしれない。けれども、堕神——お客様は、そう告げて消滅していった。

お袖さんと話しながら、一年前をふり返ると……九十九も、あのお客様に、なにかを与えたのだと思えた。

「お袖さん、ありがとうございます」

「ん？　どうしたんだい。なんで、急に君がお礼を言うの？」

「いえ、なんとなくです」

「変な子だな。だが、人から感謝されるのは嫌いじゃない。気分よく受けとっておくよ」

お袖さんは軽く声をあげて笑った。

「しかし、ふむふむ。神々が訪れる宿につとめる人間たち。うんうん、なかなかどうして興味深い人材ぞろいじゃないか。もちろん、君を含めて。見学すると、さらにいろいろわかって参考になるよ」

　お袖さんは足どり軽く、廊下を進んでいく。

「でも、寝ていたほうがいいですよ」

「性にあわないんだよ。これから、板前の顔を見に行くんだから」

「お父さん、いいえ、料理長ですか」

「そうそう。私の見立てだと、優しい雰囲気の優男《やさおとこ》。もしくは、繊細な感性を持った女性なのだけれど。今の君との受け答えで、女性説が消えたね」

　お袖さんは、また勝手に人間の分析をはじめているようだ。幸一《こういち》の料理から、人となりを想像していたのだろう。優男かどうかはわからないが、幸一はたしかに優しい雰囲気だ。あながち、間違ってもいない。

「仲居頭の女性も、そうとうに面白そうだ。品がよく奥ゆかしい雰囲気だが、血のわき立つ強者《つわもの》の空気もまとっている。彼女は武人じゃないか？」

「ええ、そのとおりですよ。碧さんは、とてもお強いんです」

「ふむふむ。いいね、面白いよ！　きっと、彼女は人に言えない秘密を抱えている。おそらく、墓場まで持っていくつもりなのだろうね。とても、はかどるよ！」

　そろそろ、創作の部分が多くなってきたか。

だが、お袖さんの想像は的を射ている。

碧さんの秘密……なんだろう。たぶん、ないと思うんだけど？

まあ、あまり深く気にする必要はないか。

このあと、九十九はお袖さんにつきあって、湯築屋を案内した。

4

お袖さんと、普通に接した。

九十九は改めて、自分の両手を見おろす。

意識して、力を使うことはできない。八股榎大明神のできごとは、あくまでも偶然が重なった事故だ。九十九が意図して力を使用したわけではない。

けれども、アグニとの火消し対決の際は、この力を使って結晶を作りあげたのだ。ほとんど無意識のうちに、まったく意識せず。

あんな極限状態には、滅多に陥らない。だが、暴発しないとも言い切れなかった。

やっぱり、怖い。

これが自分の力だと思うと、怖かった。

九十九は両手をきゅっとにぎって、目を伏せる。

『返そう』

が、顔の前に、白いものが差し出された。

突然、視界を遮った異物に、九十九は思わず後ずさりする。

「天之御中主神様……！」

いつの間にか、天之御中主神がいた。本当に気がつかなかった。いや、神様たちは神出鬼没だ。忘れて九十九がぼんやりしていたのである。

天之御中主神は、さして感情の浮かばぬ顔で、白い肌守りを九十九の前に突きつけた。

「これ……って？」

『抑制の力も込めた。無意味な暴走は防げるだろうよ。此処まで説明すれば満足かの？』

もしかして、口下手って言われたの気にしてるんですかね……。

天之御中主神は肌守りに改良を加えてくれたようだ。九十九が力を使いやすく、且つ、暴走を抑えて制御できるように。

「ご助力、ありがとうございます……」

『使っても、まだ其方では力を満足に使えぬがの』

九十九は戸惑いながら、白い肌守りを受けとる。なにかが大きく変わった実感はなかったけれど、最初に授かったときと違い、気持ちが引きしまる。

九十九は、この力と向きあっていかなければならないのだ。

これは、その手助け。

九十九は肌守りをにぎりしめて、天之御中主神へ視線を向けた。

「天之御中主神様、一つおねがいをしてよろしいでしょうか」

『これ以上、なにを望むという』

天之御中主神が怪訝そうに眉をひそめた。

「話しませんか？　天之御中主神様と、シロ様。二柱《おふたり》で」

目の前の神様は邪悪ではない。認識の違いや、理解のむずかしさはあるが、話せばわかりあえるのだ。

仲直り、というのは違うかもしれない。

とにかく、シロと話しあってほしかった。

『それは、あちらが拒むだろうよ』

「そうだと……思います……でも、このままずっとなんて、駄目ですよ」

『何故《なにゆえ》？』

なにか不都合でも？　そんな口調であった。

たしかに、二柱は湯築屋ができた当初から表裏一体の存在である。それで何十年、何百年、幾年も幾年も、気の遠くなる時間を過ごしているのだ。

いまさら、話しあわなくとも、このままずっと同じでも問題ない。なにも変化しないだろう。

「でも、天之御中主神様は憎まれるべき神様ではありません。シロ様にも、わかってほしくて」

『斯様なことぐらい、あちらも理解しているはずだがの。そのうえでの選択であれば、我に異論はない』

「じゃあ、シロ様が望めばいいんですね？」

天之御中主神の立場は、あくまでも受け身だ。選択を他者に委ねている。

だったら、シロを説得すれば話をしてもらえるということだ。

『……其方は強いのか弱いのか。否、面《つら》の皮が厚いのだな』

やはり、この神様口が悪いのでは。

面の皮が厚いなどと言われて嬉しいわけがないが、九十九は苦笑いを返す。おそらく、天之御中主神に悪意はない。

なんとなく、会話のテンポに慣れてきた。

「それは、まあ。褒め言葉として受けとっておきます」

とにかく、天之御中主神の約束はとりつけた。と、思う。

慣れてきたが、つかみにくい部分も多い。それでも、九十九は天之御中主神は断らないと信じていた。

信頼とは違う。

そう理解していたのだ。

「それから、天之御中主神様。一つお返事しておきたいことがあります」


――悠久のときが欲しいか。


九十九は選択の解を出していなかった。

天之御中主神に仕える巫女となれば、永遠の命が手に入る。シロを孤独にせず、ずっとそばにいられる選択だ。

九十九には、答えられなかった。

選択を先送りにして、天之御中主神になにも示していない。

「改めて、巫女の件はお断りします」

『ほう。人の生で充分だと？』

試すように聞かれるが、九十九は臆さずうなずく。

「必要ありません」

迷いなく告げられて、九十九の気持ちも晴れやかだった。

「わたしは、人として神様と接したいんです。それが、わたしの役目なんじゃないかと思います」

『役目となʼ』

「神様に……ずっと、人を見守っていてほしいんです」

お客様たちは、ときどき嘆く。

近ごろは、人々の信仰が薄れており、堕神の数も増えている。

しかし、諦めないでほしいのだ。

人を、見放さないでほしい。

九十九は――湯築屋は、訪れるお客様たちと、人々の架橋になれる。

アグニは、九十九が人間だから認めてくれた。お袖さんのように、人間に興味を持つ神様だっている。天照は、人々が持つ一瞬の輝きを愛でるのだ。

このような神様たちと、人を繋ぐ存在になれるのは、湯築屋しかない。

だから、九十九は人間をやめたくないのだ。

人という存在のまま、神様たちに接したかった。

きっと……シロだって、人としての九十九を好きでいるのだから。

『本当に、面の皮が厚い娘よな』

「お、大きなお世話です！」

むくれてみせる九十九に、天之御中主神が表情を緩める。

こうしてながめると、シロと似ていた。シロがもともと神使《しんし》で、姿形は天之御中主神や宇迦之御魂神に似せたのだと聞いているので、当然なのだが。

『まあ……永遠を生きぬ其方と、あれがどのような解を出すのか。楽しみができたかの』

天之御中主神はつまらなさそうに、しかし、興味深そうに九十九をながめた。

今の九十九に、回答はない。

シロとの関係をどうすればいいのか、なにも未来は見えていなかった。

それでもいい。

シロには一瞬かもしれないが、九十九にとっては長い猶予があるのだ。

ゆっくりと、考えればいいではないか。

天之御中主神の言うとおり、九十九は面の皮が厚いのかもしれない。なんの解決法もないのに、こんなに背筋を伸ばしていられる。天之御中主神の顔を、しっかりと見ることができた。

自分の能力のせいで、お袖さんを傷つけて、もう取り返しがつかない。完全に自らを責めないのは、やはり無理だろう。しばらく、九十九は痛みを背負ったまま生活するのだ。

でも、立ち止まるのは、らしくない。

逆に解釈して、天之御中主神は九十九に「面の皮厚く生きろ」と言っているのだ。

「わたし、シロ様が戻ってきたら、ごめんなさいじゃなくて、ありがとうございますって、言いたいんです」
シロは九十九のために、自ら傷ついてくれた。
だから、帰ってきたらお礼を言いたい。
そのほうが、シロは喜ぶと思うから。
『そうか。では、またつきあえ。羽根も洗わねばならぬからの』
天之御中主神は男湯のほうへ歩きながら九十九をうながす。再び湯で身体を洗うのだ。
今度は、翼らしい。
「はい。御神酒《おみき》、用意してきますね！」
九十九は言いながら、シロの部屋へ駆ける。

秘．正しく残酷な嘘

1

湯築屋《ゆづきや》という宿は、あらゆる面において特殊であった。

神様のためにある宿だ。

その成り立ちや役割、在り方は、ほかに例がないだろう。ゆえに、この宿で働く従業員の気構えも特別である。しかし、お客様にゆっくりとおくつろぎいただくという、基本的な考え方も忘れてはならない。

仲居頭をつとめる河東碧《かわとうみどり》にも、その心構えは常にあった。

碧は湯築の家に生まれながら、神気を扱えない。

そのため、戸籍の上では養子に出されたことになっている。そういう慣習なので、特に感慨もない。

今は、「妹の登季子《ときこ》に、才能をすべて持っていかれまして」と、冗談を言っているが、幼い時分は気にして荒れていた。といっても、碧の場合は非行に走ったりなどという荒れ方ではない。

空手、柔道、剣道、薙刀《なぎなた》、弓道など、一通りの武術を身につけた。

力がないなら、鍛えればいい。そういう単純な思考回路だった碧には、無心で身体を動かす武術が一番、性にあっているのだろう。

実際、碧の武術は、お客様である神様たちからも、一目置かれるほどの腕前となっていた。武を司る神々からも称賛されるのは、なかなかに痛快なものだ。

こういう性格のせいか、碧は神気を扱う力がなくとも、湯築屋の従業員として働いている。碧と似たような境遇の人間は、たいてい、世俗で普通の職業に就くらしく、少し異例だった。

自分にあるはずの力がないのは虚無だ。

だが、誰しも最初から力があるわけではない。湯築の環境が特殊なだけで、本来はみんな無力なのである。

碧は、ただ普通なのだ。

むしろ……力を持って生まれたがゆえに、妹の登季子が悩んでいたのを知っていた。

碧は湯築屋で働く必要もなく、どこへでも好きに行ける。一方の登季子は、力が強いため、本人の意思とは関係なく次代の巫女に選ばれた。

そして、外の人間である幸一《こういち》に想いを寄せてしまったのだ。

巫女となる身なのに。

許されなかった——いや、シロは許した。

登季子の好きにすればいいと、判断を委ねてくれたのだ。けれども、周囲からの反発は強く、高浜杏子《たかはまきょうこ》のように湯築屋を去っていった者も多い。

碧も、最初は登季子と幸一の結婚に反対だった。

でも、結局は許した。

シロが許したから。

それもあるが——。

「やあやあ、ちょっとよろしいかな？」

「あら、お袖《そで》さん。どうされましたか？」

碧を呼び止めたのは、お袖さんだった。

自室の扉を少し開け、小さな手をふっている。変化《へんげ》するには神気の回復を待つ必要があるが、湯築屋に運び込まれてから、一日足らずで元気に歩き回るようになった。

湯築屋の結界では、神気を扱えない者でも関係なくお客様の姿が見える。碧が働くには支障のない環境だ。

お袖さんの件で九十九がずいぶんと悩んでいたようだが、さきほど、一升瓶を持って浴場へ急いでいるのを見た。

あの子は、安定しないところもあるが、心根が優しくて芯が強い。だから、碧も取り乱す九十九に驚きはしたが、今はあまり心配していなかった。

「いや、なに。ここは興味深い場所だからさ。もちろん、人も」

お袖さんは、ふっくらとした狸の顔に満面の笑みを浮かべた。起きているときは、だいたいこの調子である。

「もっと、顔を見せておくれよ。君も、なかなかどうして面白そうだ」

お客様と目線をあわせようと、碧は膝をつく。

「それは、ありがとうございます」

お袖さんは、碧の顔をじっと見たあとで、顎《あご》を「ふむ」となでる。

「やはり、君は他人に言えない秘密があるね？」

「秘密、ですか？」

お袖さんの指摘に、碧は首を傾げた。

このお客様は、人間が大好きのようだ。たびたび、このように確かめるような質問をしてくる。

すでに、碧が武術を修めているのは、言い当てられていた。これは歩き方や、呼吸の使い方で、見抜かれることが多いのだけど、お袖さんにもすぐわかったようだ。

「ああ、そうさ。恋の秘密さ」

お袖さんは言葉を重ねながら、にやにやと碧を観察した。

「君が湯築屋で働くのは、その秘密が関係しているんじゃないかな？　負い目のようなもの……いや、嫉妬かな？　いずれにしても、複雑な感情を抱えている。私にはそう見えるよ。もちろん、ただの想像さ。気にしないでくれたまえ」

お袖さんの「想像」は、当たっているときもあれば、的外れもある。

碧は「当たり」とも「外れ」とも答えず。

ただ、お袖さんに対して笑みだけ返した。

「そういえば、お客様。足湯のお供に凍結酒はいかがですか？　ちょうど『銀河鉄道《ぎんがてつどう》』が入っています。冷たい飲み物を楽しみながらの足湯は、大変好評ですよ」

愛媛《えひめ》県内子《うちこ》町の酒蔵で作られる長期熟成酒だ。一度冷凍して半解凍で飲むと、シャーベット状の食感を楽しめる。

大粒の米のみを厳選して使用しており、まろやかだが淡麗辛口に仕上がった逸品だ。お客様の間でも、大変人気が高く、なかなか提供できない珍しい日本酒である。

「おお、それはいいね。いただこうじゃないか！」

お袖さんは舌なめずりした。

碧はにこりと笑って、お酒を厨房までとりにいく。

「上手いかわし方をされてしまったな」

背中でつぶやきが聞こえたが、碧は反応しなかった。

お袖さんは、あくまでも「想像」だと言っている。

だから、碧が彼女の想像に対して、解を出す必要はないのだ。

2

「姉さん、早くしないと置いていくよ？」

軽いステップで前を駆けていくのは、妹の登季子だった。

十六歳の登季子を、一言で表すと「お転婆《てんば》」だろう。十代の少女らしく瑞々しい果実のような頬をピンクに染めて、楽しげに笑っている。

その少しあとを、碧は歩いた。

高校生の時分。東予《とうよ》の親戚を訪ねて出かけたときの話だ。

もう十六歳と十八歳の姉妹だったので、二人でＪＲにのって移動した。車社会の四国には新幹線などという代物はなく、特急といえどなかなかの移動時間となる。そのせいか、登季子も碧も、身体を動かしたくてうずうずしていた。

ちょっとした小旅行だ。

「駅にお迎え来てるって、お母さん言ってたでしょ」

「だから、早く行くんだよー」

　便宜上、そうする慣習なので、登季子と碧は戸籍上は家族ではない。だが、血をわけあった姉妹には変わりなかった。このころの碧には、自分たちの境遇を嘆く段階にはなく、割とどうでもいいと思うようになっていた。

　それでも、親戚はだいぶ気をつかうようだ。

「よう来たね。二人とも」

　駅に着いた二人を迎えたのは、坂上《さかがみ》の家族だった。

　湯築の親戚筋に当たり、こちらで神職に就いている。二人に笑顔を向けてくれた女性は、碧たちの伯母だった。隣には、伯父さん。ちょっとうしろから、登季子と碧をうかがっているのは息子の八雲《やくも》だった。

「伯母さん、お久しぶりです！　八雲も元気してた？」

　こういうとき、最初にあいさつを返すのは決まって登季子だった。気さくで、誰にでも明るい少女は、久々に会う親戚にも同じ態度で接する。

「お久しぶりです。このたびは、ご迷惑をおかけします」

　あとから、碧もていねいに頭をさげる。普段から湯築屋で接客をしているせいか、それとも、武芸の世界は上下関係が徹底しているからか。登季子とは違って自然と、大人びた言動と評される機会が多い。

「ああ、うん……いらっしゃい」

一瞬、坂上の伯母さんが表情を曇らせたのを、碧はあえて見なかったふりをする。

「碧ちゃんは、いつも礼儀正しいねぇ」

「ありがとうございます」

「ええんよ。そういうの。こっちでは、家だと思ってくつろいでね。誰にも言ったりしないから」

親戚には、碧の言動が「一歩引いている」ように見えるらしい。あるいは、「わきまえている」と。

実際に何度も言われたし、むしろ、「そうすべきだ」と褒められもする。

碧は巫女の家系にありながら神気が使えない。それでも、湯築屋に置いてもらえるのだから、と。

誰も、これを本当の碧だとは思ってくれないのだ。不思議なことに。

子供は子供らしく、自由にあるべきだとでも考えているのかもしれない。だが、一方でそう振る舞うべきだとも言う。

実に面倒くさすぎて、中学の時点で慣れた。

「お久しぶりです」

やや遠巻きに見ていた八雲も声をかけてきた。

彼にとって、登季子や碧は「親戚のお嬢さん」だからか、たいてい敬語だった。松山《まつやま》の大学を志望しているので、来春より碧と同級生になるらしい。お互い、受験に合格すれば、の話だが。

学部違いとはいえ、親戚と同じ学校へ通うのは、微妙に気まずい。

「うん、八雲も久しぶり！　また背が伸びたんじゃない？」

登季子は明るく返しながら、八雲と自分の身長差を手で表現してみる。

「登季子、もう子供じゃないいんだから、馴れ馴れしくしたら失礼でしょ？」

碧はつい、登季子をたしなめた。幼いころからの仲とはいえ、二学年上の相手なのだから、接し方に気をつけたほうがいい。

それに——。

「いいんですよ。慣れてますから」

「本人がそう言ってるんだから、いいじゃないか。姉さんのケチ」

八雲は気さくな登季子との距離感に戸惑いながらも、いつもどおりに対応していた。登季子もそれに甘えている。

別段、変化はなかった。

たいてい、いつもの流れだ。

大きく関係が変わったと言えば、その日の夜だろう。

碧は、この日、誰にも言えない秘密を抱える。


坂上の家にお邪魔するのは、恒例行事のようなものだった。

毎年催される西条《さいじょう》まつりの観光が目的だ。愛媛県内でも有数の盛大な祭りである。これを見物するために、毎年、坂上の家に泊めてもらっている。

それに、登季子の神気は少々特徴的だ。

彼女は学業を修めたのち、稲荷神《いなりのかみ》白夜命《びゃくやのみこと》と結婚する。けれども、その神気は様々な神様と相性がいいのだ。シロ以外の神様の力も、少しならば借りることができる。臨機応変に変質しやすい特性らしい。

だから、ときどき遠出して、いろいろな神様と接するのがいいとされている。それが登季子の神気の幅を広げる修行にも繋がるようだ。

碧にはわからない感覚だが、なんとなく、遠征試合をイメージしていた。


「松山とは違う迫力だねぇ！」

碧の隣で、登季子が感嘆の声をあげている。

目の前には、見あげるほど大きなだんじりが並ぶ。これらのだんじりや太鼓台が市内を練り歩く様は、まさに西条まつりの華だった。

多くの提灯を飾りつけた外観は壮観だが、幻想的でもある。笛と掛け声にあわせて進んでいき、祭りの活気が肌で感じられた。

松山の神輿もいいものだ。特に、喧嘩神輿と呼ばれる鉢合わせでは、神輿と神輿がぶつかる迫力がたまらない。けれども、西条まつりは別種の空気がある。同じ県内の祭りなのに、こうも雰囲気が違うのか。毎年のことながら、感嘆した。

「そうですね」

登季子に答えたのは、八雲だった。

「…………」

碧はチラと横目で、八雲を確認する。もしかすると、睨むような視線になっていたかもしれない。

おそらくだが……八雲は登季子が気になっている。

恋愛、とは呼べないかもしれないが、そういう感情になるのも、時間の問題に思えた。あくまでも、碧の勘だが……この勘は、当たるという確信がある。

よくない傾向だ。

登季子は、将来、シロの妻になる身である。いや、今は形のうえでは婚約になっているが、実質的に、もう妻と言っても差し支えがない。学業を修めるまで、というのは本当に特例で、歴代の慣習ではすでに巫女を継いで結婚していなければならないのだ。

だから、八雲の気持ちには勘づいても、碧は口にしなかった。それが二人に対する礼儀だと思う。

「ねえ、八雲。トウモロコシ食べたい」

なのに、たぶん登季子は気づいていない。微塵《みじん》も。

登季子が八雲に馴れ馴れしく声をかけるのを、碧はあまりよく思わなかった。それは、この空気感を理解しているからこその感想なのだろう。

だから、登季子に「やめなさい」とたしなめるのだ。

お互いのためではない。

「登季子、あまり困らせないほうがいいよ」

「困らせてなんかないけど？」

どうして、この子はこんなに無自覚なのだろう。ときどき、妹に呆れてしまう。

「じゃあ、私と一緒に買いに行きましょうか」

碧はあきらめて、登季子の手を引いた。

「うん！」

登季子は単に焼きトウモロコシが食べたかっただけのようで、あっさりと碧について歩いた。

碧としては、食べ歩きで、トウモロコシに齧《かじ》りつくのは人目が気になるのだが……登季子はまったく意に介さない。こういうところに、姉妹の性格が出る。

「ねえねえ、姉さん」

一緒に焼きトウモロコシの屋台へ並んだとき。

登季子が悪戯《いたずら》っぽく笑った。

「ちょっと入れ替わらない？」

「え？　なにと？」

無邪気に提案されるが、碧にはなんのことかわからなかった。

すると、登季子は両手の指で輪っかを作り、位置を入れ替える動作をする。

「最近、覚えた術があるんだけどさ。試してみたくって」

人の見目を入れ替えてしまえる幻術の類らしい。登季子は、そういう術を積極的に試したい性分だった。

「今じゃなくていいんじゃないの？」

「だって、松山だと、すぐバレるよ。それだと、つまんないだろう？」

たしかに、松山だと二人について知られすぎている。見目だけ入れ替えても、言動ですぐにわかってしまう。女将の湯築千鶴《ちづる》や、お客様の神様たちも、容易に見破るはずだ。

「うーん……しょうがないわね」

了承したのは軽はずみだった。

ただの好奇心だと思う。

碧は登季子の見ている景色が知りたかった。

そして、妹と同じ景色を見ているという自覚が、このときの碧にはなかったのだと気がつく。気に留めていないと言いながら、やはり碧はみんなが言うように「わきまえていた」のかもしれない。

どこかで、別世界の人間だと、一線を引いていた。

このとき登季子を妹ではなく、一番、巫女として認識していたのは、ほかならぬ碧だったのかもしれない――。


トウモロコシを買ったあと、こっそりと、登季子と碧は物陰で術を使った。人知れずなにかをするのは、わくわくするものだ。これから、伯母さんたちを騙すのは心苦しいが、それ以上に弾む気持ちもある。

ゲームをしている感覚だ。

「お待たせしました！」

みんなと合流するとき、最初に声をあげたのは、やはり登季子だった。見目を入れ替えても、本質は変わらない。けれども、ちょっとだけ口調がていねいなのは、碧になりきろうと意識しているからだ。松山だったら、きっともうバレていた。

「待たせたね」

碧も精一杯、登季子になろうとしてみた。発声がぎこちないが、いつもより大きな声を出す。

大きな声を出すと……少し緊張が解けた。格闘技でも、技と一緒に叫ぶと力を出しやすい。あれに似ている。

改めて、碧は自分の身体を見おろした。

視界に入る服や手の形は、登季子のものだ。武術で鍛えて、タコのできた自分の手ではない。つるんとしていて、白くてやわらかい肌が女性的だった。

あまり観察したことはなかったが、碧と登季子は、こんなに違っていたのだ。

「ねえ、伯母さん。聞きたいんですけど～」

登季子のほうは、伯母夫婦が騙しやすいと踏んだらしい。碧のふりをしたまま、だんじりを指さして話しかけていた。

碧も、なにかしないと。

登季子っぽい行動をしてみたくて。

碧はつい、手近にいた八雲の手をとっていた。

にぎってしまったあとで後悔したが、「今、私は登季子だから……！」と心の中で唱える。すると、なんでもできる気分になった。

「あっち行こうか。もっと近くで見たい！」

登季子みたいに笑いながら。

登季子みたいに力強く。

「え、はあ……強っ！」

「あ、ごめんなさい！」

登季子みたいに、と思いながら引っ張ったつもりだったが、力が強すぎたようだ。これはいけない。加減しなくてはならない。あくまでも、入れ替わったのは見目だけで、中身は武術に精通する碧のままだ。剣道の大会でも優勝したばかりである。

「いえ……行きましょうか」

碧が戸惑っていると、今度は八雲から手を差し出した。

気恥ずかしそうな笑みだ。きっと、碧を登季子だと信じて疑っていない。

彼は風の声を聞く耳を持っている。志那都比古神《しなつひこのかみ》の力を借り、風を自由に操れるのだ。だから、二人の入れ替わりに気づくかもしれないと警戒したが……いや、女子のプライバシーには踏み込まない分別もあるのだと思う。

「うん……」

碧はうなずき、八雲の手をとった。きちんと繋ぐと、男性らしいしっかりとした手だ。

周囲には人がたくさんいて、屋外なのにすし詰め状態だった。祭りの活気と熱気が伝わり、楽しさがあふれるとともに、くらくらと酔うような目眩《めまい》も覚える。

独特の空気の中を進んでいくと、提灯の灯っただんじりに近づけた。代わりに、登季子たちが、どこにいるのかわからなくなってしまう。

「顔色が悪いですよ、大丈夫ですか？」

八雲が顔をのぞき込んでくる。

「いや、ちょっと人が多すぎて……」

自分から、近くで見たいと言ったくせに。

結局、碧は登季子のようには振る舞えない。

人酔いもあるかもしれないが、やはり、登季子の姿をしていると思うと落ち着かないのだ。最初はわくわくしたが、次第に目の前の相手を騙す罪悪感が募る。

「…………」

「な、なに？」

八雲が黙ってしまったので、碧は不安になる。そろそろバレただろうか。素直に謝ったほうがいいのかもしれない。

「あの――」

「いえ……こんなにしおらしい登季子さんは、初めてだったので」

しおらしい。登季子が、いや、私が。

登季子の見目をしていると、そう感じられてしまうのか。素直に驚いた。碧は、いつもと変わっていないいつもりなのに。

「まるで、あたしが女らしくないみたいじゃないか」

精一杯、登季子のふりを続けながら答える。そして、完全に入れ替わりを謝罪する機会を見失った。

「元気な人ですよね」

否定はできない。妹のことながら。

「お転婆とか、じゃじゃ馬とか言われるけど」

「そうとも言えますすね」

「否定してくれないんだ?」

「そういうところが、あなたらしいので」

八雲が登季子に見せる態度は、碧に対するそれとは明らかに違っていた。ぼんやりとしていた勘が、確信に変わっていく。

やっぱり、この人は登季子が好きなんだ。

それはいけないことだ。

彼だって、理解していると思う。だから、今まで口にしていないのだ。こうやって、ていねいな扱いをするのだって、精一杯、距離をとろうとする結果なのかもしれない。

「あたしらしい……ね」

「でも、今日はちょっと違う気もする」

しかし、これからは？

これから先、八雲が登季子に想いを告げる日が来ないとは限らない。

そのとき、必ず登季子は困惑する。

無神経で無頓着のお転婆に見えるが、あれで登季子は繊細なのだ。もしも、シロ以外の男から告白などされたら、必ず悩むだろう。

「一年会わないうちに、女性らしくなったのかもしれませんね」

「………」

碧は登季子がうらやましかった。

力を持って生まれたこと。

自由奔放に振る舞えること。

他者から好いてもらえること。

しかし、代わりに碧は知っているのだ。

登季子は決して強くない。

碧に対して負い目もあるのだと思う。自由奔放に振る舞うのは、碧の居場所を作るためだ。しっかり者の姉と、奔放な妹という関係を、周囲に示したいのだ。

碧が腐らずいられるのも、登季子を支えたいから。

登季子が湯築屋の女将《おかみ》になり、シロの巫女として、妻として在る日を支えたい。

だから、碧はずっと湯築屋にいられる。

湯築屋に、いようと思える。

「八雲さん」

芽は、摘んでおいたほうがいい。

今後、登季子の障害になりそうなものは、取り除きたかった。

「あたしは、シロ様の妻だから」

八雲の表情が曇った。

「邪魔はしないでほしい」

登季子本人は、八雲の気持ちに気づいてすらいない。だから、これは登季子が言うはずのない言葉だ。

「…………」

八雲はしばらく固まったまま動かなかった。

こんなことを言われるとは、思っていなかったのだろう。当然だ。登季子は絶対に言わない台詞《せりふ》なのだから。

「あ……いえ――」

八雲はいくつか発声したが、どれも言葉のていを成していなかった。

やがて、彼は頼りなく笑う。

「はい。わかっていますよ」

ほっと、安心した。

胸郭が広がり、肺に空気が流れ込んだ瞬間、碧は今まで息を止めていたのだと気づく。緊張していたらしい。

同時に、じわじわと得体の知れないものが胸を侵食していった。黒くて、もやっとした霧のような感情だ。

私は登季子ではない。

それなのに、登季子のように振る舞い、八雲に釘を刺した。

部外者なのに。

血の繋がった姉妹だが、登季子と八雲の関係について、碧は部外者だ。

しかしながら、八雲の一方的な感情は許されないもので……でも、彼はまだなにもしていなくて……だったら、碧がしたことは、なんなのだろう。

罪悪感――違う。

後悔――違う。

満足——違う。

正義感——違う。

名前のつかない感情だ。

碧は自分の物差しで判断し、他者の感情を封殺した。

必要なことだと言い聞かせるものの……これでいいのかと、もう一人の自分に問われているようだ。

3

秘密。

あれは、そう形容してもいいのだろうか。だが、とにかく隠し続けているのだから、秘密なのかもしれない。

お袖さんに指摘され——碧は、昔のできごとを思い出していた。まだ十代だったころの、誰にも知られたくない過去だ。

あのあと、すぐに登季子たちと合流した。家に帰るまで二人が入れ替わっていたのは、誰にも指摘されていない。

登季子が満足そうにしていたので、碧もそのように振る舞っておいたが、胸中ではわだかまりを抱えたままであった。

結局、あれから数年後に、登季子は幸一との結婚を決める。シロは許したが、周囲は反発した。自ら選んだ道なのに、その後、登季子は何年も、その選択を悩み続けた。娘である九十九にすら、罪悪感を抱えて——。

碧もシロの判断に従って、二人の結婚を許したが……後悔が増した。

あのとき、碧と登季子が入れ替わっていなければ。

碧が余計なことをしなかったら。

登季子の人生はどのように回っていただろうか。

そう思ってしまう。

自分が妹の人生を変えた気がするのだ。

もしも、登季子が八雲を選んでいたら——。

歴代の巫女とシロの関係は、決して恋愛感情で結ばれた夫婦とは言えない。儀式の一環であり、妻という役割なのだ。だから、必ずしもシロに愛を誓う必要はない。先代の千鶴も、そういう人であった。過去にはシロとは別の男性を愛し、子を成した巫女もいる。

登季子が選んだのが幸一ではなかったら——八雲だったら、従来の巫女と同じになっていたかもしれない。そうすれば、杏子のように湯築屋をやめていく従業員もいなかった。

登季子も悩まず、自分を許せただろうか。

九十九に巫女の役割を押しつけてしまったと、何年も後悔せずに済んだだろうか。

碧の一言が、登季子の人生を変えたかもしれない。

「碧さん」

凍結酒を冷凍庫から出しているところへ、声がかかる。なんとなく、考えごとをしていたせいか、手から箱を落としそうになってしまった。

らしくない。

「どうしましたか？」

碧は素早く呼吸を整えて、ふり返る。

「確認したいことがあるので、あとで経理室までいいですか？」

八雲だった。

やはり老けたなと感じるのは、過去を思い起こしたあとだからか。他人のことはまったく言えない、お互い様なのだが。

結局、八雲は登季子になにも言えていないのだと思う。

それでも、彼はずっと湯築屋にいた。松山の大学への通学をはじめると同時に、湯築屋でアルバイトとして居候していたが、卒後も実家を継がず留まっている。

八雲の人生も、碧は変えてしまったのだろう。

「わかりました」

けれども、碧は自分の負い目など露ほども感じさせない表情を作った。

ずっと湯築屋の仲居頭としてつとめあげてきたせいか、それとも、長年、秘密を抱えて生きてきたからか。

本心を隠すのは得意になっていた。

この秘密は、誰も幸せにしない。

だから、自身の中に秘しておくべきだ。

月．美味しいですね

今日は十五夜だ。

もう少ししたら、秋祭りで神輿の鉢合わせもある。

秋を意識させるように、湯築屋《ゆづきや》の庭には色とりどりのコスモスがゆらゆら揺れていた。

だが、風もなく、虫の音も聞こえない。ただ赤やピンク、白の花が庭を埋め尽くしている。

縁側から九十九《つくも》は空を仰ぐ。

なにも見えなかった。

ただどこまでも続いていく藍色の空間があるだけ。暗いような、透き通っているような。

昼と夜の間、黄昏《たそがれ》みたいだ。

結界の外では、中秋の名月が出ているだろう。

お客様と従業員が何人か、月見団子を作って道後《どうご》公園へ持っていった。今ごろは、楽しいお月見大会をしているはずだ。

九十九は――湯築屋にいる。

本当なら、お月見に行ったほうがいい。公園でのお月見は、前々から九十九が企画していたものなのだ。

だけど、今日はここにいたかった。

「シロ様、おかえりなさい」

何者かが近づく気配がして、九十九は声を出した。

相手の顔を見なくても名前が出てきたのは、本当に無意識だ。当然のように、そう呼んでしまった。

「………」

返事がなかったので、九十九は視線を縁側から室内に移す。

琥珀《こはく》色の双眸《そうぼう》がこちらを見ていた。ガラス細工のように繊細で美しく、光源の少ない薄闇でもはっきりと浮きあがっている。

けれども、前へ進み浮き出た髪の色は、墨色で。藤の着流しをまとった姿も、いつもより細身で華奢《きゃしゃ》な印象を受けた。

九十九は立ちあがり、歩み寄る。こちらから。

そして、寂しくおろされた手を取って微笑む。

「シロ様、月見団子を食べましょう。わたしが丸めた分を、取り置いていますから」

縁側には、串に刺さった月見団子が用意されている。

九十九の言葉を受けて、ようやく――シロは九十九から視線を外した。

「まだ――」

「早く、こっちへ来てください」

有無を言わさず、九十九はシロの手を引いた。肩から墨色の髪が落ち、繋いだ九十九の手に触れる。

「シロ様を、待っていましたから」

天之御中主神《あめのみなかぬしのかみ》が結界の外へ出ることによって損なわれた神気を完全に回復するには時間がかかる。シロがシロとしての形を取り戻すだけでも三日という話だ。

だが、シロの意識が表側へ戻ってくるのには、せいぜい一日か二日である。

そう聞いたので、九十九はずっとシロを待っていた。

シロが目覚めて、最初に声をかけるのは、九十九でありたかったからだ。

「九十九」

縁側へ連れて行こうとする九十九に対して、シロは気がのらない様子だった。戸惑い、一歩一歩が重い。

シロの意識は戻ってきたが、姿は天之御中主神と変わりなかった。そのせいか、シロは九十九に触れられるのを嫌がる素振りを見せる。

「触らないでほしい……」

シロは九十九の手を振り払おうとした。

「嫌です。触りたいんです」

九十九は首を横にふって、きっぱりと断った。面の皮厚くいこう。

「月見団子を食べましょう。あとで、湯浴みのお手伝いもします」

九十九は両手でしっかりと、シロの手をにぎる。

「わたしは人ですから。神様みたいに本質とか、真理とか、よくわからないんです。見た目や表面上の性格で、相手を判断しがちなのも否定できません。だから、わたしがいくら言っても重みはないと思いますけど……シロ様を、間違えたりしません。ここにいらっしゃるのは、シロ様です」

しっかりと、琥珀色の目を見据えながら。

九十九は、ちゃんとシロを、シロだと思っている。

大丈夫。

シロ様は、シロ様だから。

シロは天之御中主神に関する一面を、九十九に見せたくないのだろう。今の姿も、とても嫌がっている。

だが、それもシロの一部だと思うのだ。

天之御中主神も稲荷神《いなりのかみ》白夜命《びゃくやのみこと》も別々であり、違う神様だけど……その在り方も含めて、九十九は目の前にいるシロを受け入れたい。

「……すまない。待たせてしまったな」

九十九に導かれ、シロも縁側に隣同士並んで座る。

間に、月見団子のお皿をはさんで。

「シロ様。助けてくださって、ありがとうございます」

伝えたかった。

シロが帰ってきたら、一番に言おうと思っていた。

「否。儂《わし》はなにも――」

「わたしは、シロ様に救ってもらったんです」

もちろん、天之御中主神にも。

シロの意思がなければ、天之御中主神が結界を出られないのだ。シロの下した判断は間違っていないと伝えたい。

痛みは伴った。

しかし、マイナスではない。

「今日は、みんな外へお月見に行っているんです」

「そうか……月見か」

元気に言ってみるが、シロはまだぎこちない様子だった。

「月見団子、わたしが丸めたんですよ」

九十九は串に刺さった月見団子を持ちあげる。つぶあんがたっぷりかかった串団子だ。

しかし、その一つからあんこをていねいに落とし、串から外す。

「ほら、月です」

九十九は指でつまみあげた団子を、宙に向ける。

空に浮かぶ月に見えるように。

あまり行儀がよろしくないし、子供騙しで、月にはほど遠い。串から外したせいで、形も歪《いびつ》になった。

「月か」

「月です。今日の月は美味しいんです」

I love you. を、『月が綺麗ですね』と訳した文豪がいるという話。諸説あって定かではないが、国語の授業で聞いた。

どういう意味かと考えて、九十九は「シロと同じものを見て、同じ感想を抱いてみたい」と答えを出した。

同じものを同じ感性で、「綺麗ですね」と言える関係になりたい。

そういう告白だ、と。

だから、「今日の月は美味しい」でも、いいような気がした。

シロと一緒に月を見られないけれど、月見団子を一緒に食べることはできる。

それでも、シロは嫌がるだろうか。

シロは月が嫌いなのだと思う。

月子《つきこ》が亡くなった夜を思い出してしまうから。あのときの月の美しさは、鮮烈にシロの記憶として焼きついているのだ。

だから、お月見もしたがらない。

「そうか……そうだな。今日の月は美味なのか」

シロが、やっと笑ってくれた。

皿から月見団子を手に取り、一つ口に含む。

「たしかに、美味だな。さすがは、儂の妻が丸めた月だ」

九十九と同じく、団子を月と呼び、美味と評する。

それだけで胸がいっぱいになった。

なのに。

不意に、湯築屋の中に風が吹く。

結界に風は存在しない。だが、九十九は突然吹いた風に、目を閉じてしまった。

「ん……」

すぐに瞼《まぶた》を開くと、視界の色が変わっていた。

庭を埋め尽くしていた色とりどりのコスモスは、さわさわと揺れるススキに変わっている。縁側が消え、代わりにちょうどいいサイズの岩に座っていた。

「わあ……」

藍色が広がっているはずの空は、白かった。

「月……」

大きな月が青白い光を湛えている。

月子の夢や――彼女が亡くなり、シロが誤った日の月に、よく似ていた。

綺麗な満月に、九十九は息が止まりそうになる。

もちろん、本物ではない。ここは湯築屋だ。

「シロ様、いいんですか……？」

シロの幻影で作り出した景色である。彼がずっと避けてきた、息を呑むほど美しい月が出る幻。

「神気が足りない。あまり長くは維持できぬがな」

シロは、やはり寂しそうな顔で、下を向いてしまう。墨色の髪が落ちると、カーテンみたいにシロの表情を隠した。

九十九は不意に、シロの髪に手を伸ばす。

もっと、シロ様を見たい。

髪に触れた瞬間、墨のような黒が銀に煌《きら》めいた気がした。ガラスが反射するみたいだ。

天之御中主神の髪を洗っているときも、こんな光を放つ瞬間があった。

カーテンのようにさがった髪を、シロの耳にかける。

シロもゆっくりと、九十九に視線を向けた。

ち、ちか……。

この距離で、しっかりと目があうと、急に恥ずかしくなってくる。そんな九十九の気持ちを察したのか、シロの唇がニヤリと弧を描く。

「儂の顔を見ようとしたのではないのか？」

「み、見ようとしてません！　髪に、ゴミがついていたので！」

適当に誤魔化すが、なにも誤魔化せていないだろう。九十九は急いで、シロと距離をとろうとする。

けれども、シロは九十九の手首をつかんで離してくれなかった。

「し、シロ様……月見団子食べましょう。月を見ながら！」

「月はいいから、九十九を見ていたい」

あ、調子にのってきた。

駄目なやつだ……九十九は、なんとかシロの手を解《ほど》こうとする。

「九十九のほうが、何倍も美しいからな」

「またまたぁ、そんなことばっかり言って……」

けれども、わずかにシロの手が震えているのに気がついた。九十九の手をしっかりとつかんで……すがりついているようにも感じる。

　やっぱり、怖いんだ。

　こんな幻影を出して無理をしているけれど、シロはまだ月を怖がっている。気づいてしまうと、九十九の身体から力が抜けていく。

　もう片方の手で、墨色の髪に触れた。なでるたびに、反射するみたいに銀色が煌めく。不思議で、幻想的だ。

　嫌なことをさせてしまっただろうか。

　しかし、性格が悪い女かもしれないけれど……シロが九十九のために月を見せてくれたのが嬉しかった。一緒に月を見たいとねがった、九十九の気持ちを尊重してくれたのが嬉しかったのだ。

　いっそう愛しく感じて、九十九は思わずシロの頭を抱きしめた。

　心臓の音が大きい気がした。

　シロにも聞こえていると思う。

「九十九？」

　シロが不思議そうに、九十九の着物をつかんだ。けれども、恥ずかしくなってきて、九十九は両腕に、ぎゅっと力を込める。絶対にシロの顔をあげさせないように、ぎゅうぎゅう固定した。

なにやってるんだろう。これから、どうすればいいんだろう。この次、なにしたらいいの？　わたし、このままじゃまずいのでは？

頭の中はぐるぐると思考が回るばかり。

九十九は動けないまま、シロの頭を押さえつけた。

「九十九のほうから誘っておいて、それはないのではないか？」

「い、いいんです！」

ぐぐぐっと腕に力を入れて、シロの頭を押さえ込む。

だが、ふっと感覚がなくなり、力の入れどころがわからなくなる。シロが一度霊体化したのだと気づいたときには遅い。

「ひえっ」

再び現れたシロの顔は、九十九のすぐ間近に迫っていた。

「儂は月よりも、九十九を見ていたい」

声と一緒に、吐息が顔に触れた。

それを感じて、九十九は身体を震わせる。

逃げたくても、逃げられない。

「なによりも、美しい我が妻だからな」

シロが九十九の前髪に触れる。指先が髪と額を滑っていくみたいだ。

「シロ様のほうが……お綺麗だと思いますけどね」

「儂がイケメンなのは否定せぬが」

否定しないんですね。

「だからと言って、九十九の美しさが減るわけではなかろう？」

たしかに、シロが綺麗だからと言って、九十九の美醜には関係ない。

けれども、九十九はシロに「美しい」なんて言ってもらえるような顔ではない。不細工とまではいかなくても……ごく一般的ではないか。

だが、シロだけではない。神様たちは、みんな九十九を「美しい」と褒めてくれた。

「九十九より心根の美しい者を、儂は知らぬよ」

表面上の美醜ではない。

彼らは常に本質を見ているのだ。

九十九の心根。

それが本当に、美しいものなのか、九十九にはどうだってよかった。シロから、そう言われることに、価値があるのだと気づかされる。

心がくすぐったくて、居心地が悪くなってきた。

「シロ様……あまり見られたくないです。恥ずかしいので、目を閉じてもらえませんか」

「何故《なにゆえ》」

「恥ずかしいと言っています。三秒でいいので！」

そう伝えると、シロはつまらなそうに唇を尖《とが》らせる。

「では、三秒だぞ。三秒経ったら、拾って食すからな」

「いや、三秒ルールはどうでもいいので」

シロの瞼が閉じられた。

一。

二。

一秒が、ゆっくりと刻まれていく。

三。

シロの目が開くより先に、九十九は身体を前に倒す。

「…………」

「…………」

触れたかどうかも、よくわからない短い時間だ。

月に照らされたシロの顔は、ポカンとしていた。なにが起きたか認識できず、放心しているようだ。

一方の九十九は、恥ずかしくて思わず自分の唇を両手で覆い隠した。

「九十九、今儂に接――」

「してないです」

「否、嘘だ。絶対に――」

「気のせいです」

「もう一回だ。アンコール！　アンコールを所望する！」

「嫌です。もうしません」

「やはり、したのだな？」

「うるさいですよ！」

「よし、儂が改めて大人の接吻《くちづけ》というものを教えてやろう」

「調子にのらないでください、駄目神様！」

しつこく食い下がるシロの顎《あご》に、アッパーが決まった。

うしろへ身体を仰《の》け反《ぞ》らせて倒れるシロを横目に、九十九は残りの月見団子をいただく。

幻とはいえ、青白くて大きな満月とススキの草原は美しく。

口に入れた団子の甘さに、身体も癒やされて。

「あー、今日の月は美味しいですねー！」

シロが月を少し克服できたのは、充分に喜ばしい。永く囚《とら》われていた鎖の一つが外れたのだと思える。

そうやって、一つずつ解決していけないだろうか。

天之御中主神とのわだかまりも解きたい。二柱は、今の関係をずっと続けていていいわけがないのだ。

シロはずっと傷を背負っていくことになる。

天之御中主神を赦《ゆる》せず、自分も赦せず。

九十九は永遠を生きられないけれど……この問題をシロに残したくない。

解決するのが、九十九の役目なのではないか。

寂しいけれど、シロのためになにかを遺したい。

これからのことは、ゆっくり考えればいい。


これで……いいよね？

◆この作品はフィクションです。
実在の人物、団体などには一切関係ありません。

双葉文庫

た-50-07

道後温泉《どうごおんせん》　湯築屋《ゆづきや》❼

神様《かみさま》のお宿《やど》で、ふたりだけのお月見《つきみ》です

2021年5月16日　第1刷発行

【著者】

田井《たい》ノエル

【発行者】

島野浩二

【発行所】

株式会社双葉社

〒162-8540 東京都新宿区東五軒町3番28号
［電話］03-5261-4818(営業)　03-5261-4851(編集)
www.futabasha.co.jp(双葉社の書籍・コミックが買えます)

【印刷所】

中央精版印刷株式会社

【製本所】

中央精版印刷株式会社

【フォーマット・デザイン】

日下潤一

ISBN978-4-575-52472-7 C0193
Printed in Japan

FUTABA BUNKO

出雲のあやかしホテルに就職します
硝子町玻璃
Garasumachi Hari
女子大生の時町見初は、幼い頃から「あやかし」や「幽霊」が見える特殊な力を持っていた。誰にも言えない力を抱え、苦悩することも多かった彼女だが、現在最も頭を悩ましている問題は、自身の就職活動だった。受けれども受けれども、面接は連戦連敗。まさに、お先真っ黒。しかしそんな時、大学の就職支援センターが、ある求人票を見初に紹介する。それは幽霊が出るとの噂が絶えない、出雲の曰くつきホテルの求人で——。「妖怪」や「神様」たちが泊まりにくる出雲のホテルを舞台にした、笑って泣けるあやかしドラマ!!

FUTABA BUNKO

神様たちのお伊勢参り
竹村優希
恋人も仕事も失い、伊勢神宮に神頼みにやってきた谷原芽衣。事もあろうか、駅から内宮に向かう途中に有り金を盗られた芽衣は、泥棒を追いかけて迷い込んだ内宮の裏の山中で謎の青年・天と出会う。一文無しで帰る家もないこともあり、天の経営する宿『やおろず』で働くことになった芽衣だが、予約帳に載っているのは市杵島姫や磐鹿六雁など聞きなれない名前ばかり。なんと『やおろず』は、お伊勢参りにやってくる日本中の神様御用達のお宿だった⁉

発行・株式会社　双葉社

FUTABA BUNKO

京都の甘味処は神様専用です

桑野和明

両親が亡くなり、姉の住む京都に引っ越した高校生の天野瑞樹。ある日、観光で西本願寺を訪れた瑞樹は、見知らぬ少年に「甘露堂」という甘味処まで荷物を運ぶのを手伝ってほしい、と頼まれる。甘露堂へたどり着き荷物を開けると、「ナリソコナイ」と呼ばれる黒い玉が出てきて、店内を食い散らかしてしまう。修繕費を弁償するため甘露堂でアルバイトをすることになった瑞樹だが、そこはなんと神様専用の甘味処で!?

発行・株式会社　双葉社